归 GUI

隐 YIN

黎永祥 著

作家出版社

图书在版编目（CIP）数据

归隐 / 黎永祥著 .—北京：作家出版社，2021.11
ISBN 978-7-5212-1287-7

Ⅰ.①归… Ⅱ.①黎… Ⅲ.①诗集—中国—当代
Ⅳ.① I227

中国版本图书馆 CIP 数据核字（2021）第 220995 号

归隐

作　　者：黎永祥
责任编辑：李宏伟　秦　悦
装帧设计：薛　怡
出版发行：作家出版社有限公司
社　　址：北京农展馆南里 10 号　　　邮　　编：100125
电话传真：86-10-65067186（发行中心及邮购部）
　　　　　86-10-65004079（总编室）
E-mail:zuojia @ zuojia.net.cn
http://www.zuojiachubanshe.com
印　　刷：三河市北燕印装有限公司
成品尺寸：152×230
字　　数：141 千
印　　张：13.5
版　　次：2021 年 11 月第 1 版
印　　次：2021 年 11 月第 1 次印刷
ISBN 978-7-5212-1287-7
定　　价：50.00 元

黎永祥，甘肃省临潭县长川乡敏家咀村人，65 后。毕业于甘肃省财贸学校，现在外漂泊，草根诗人。

上学期间，不忘初心努力与诗歌结缘；进入社会后，再拾初心对诗歌着迷，并试着用诗歌表达自己的生活。学习写诗，一晃二十余载。期间倍感汗颜，除了纸和笔，文字一路行囊羞涩。还好，一直没有放下笔，让自己走得再遥远，也能找见心的归途。

目录

第一辑　爱是一杯苍老的等待

第二辑　荷一锄静静的归隐

第三辑　那个秋天和妈妈的味道

第四辑　雪花的故事

第一辑

爱是一杯苍老的等待

相遇春天（组诗）

春意进行曲

春意写着进行曲
世界涂抹童话的立体
云欣赏风的线条
花和叶窃窃私语
一切都在动态的演绎中
编辑自己的故事
杨柳垂青下　素衣一袭靓
长堤蜿蜒处　芳踪隐约香

放下那场不期而遇

那场不期而遇
喜伤了我眉间的多少时光
那锋决绝隔刃
剃断过我灵魂的多少重逢
惆怅了风月容颜
褪尽了铅华红尘
无有声息地行走在平凡里

把曾装满行囊的单纯与薄凉
悄悄揉搓于手心
把不再发芽生根的红豆
慢慢咀嚼出老味
可以置身红尘物欲
但
爱我所爱　思我所思

春花是雪花的延续

雪花谢了
春花开了
然后
一朵云的流浪开了
一涓溪的潺潺开了
一尾雀的爱情开了
一个人的心事开了
胃口也开了
……
春花
从不纠结于复杂
简单　一如雪花般纯粹
快乐　一如春天般灿烂

春天的两头

春天有两头
这一头

冬天忙于收拾苍荒
虽有点狼狈
但，骨子里流淌着
支持新时代的雅量
另一头
夏天忙于替造化开放
立太阳为梭
捻水露为线
有条不紊地
把缕缕垂涎织成一网
神秘而诱人的果香

柳绿桃红时

造物
深情地屏住呼吸
把缕缕春风编成条条柳丝
长堤上
三月鹅黄走模特步
成功勾吊墨客们闲愁的画笔
桃红杏粉
个个玉指纤纤
急着撩逗天地的那抹骚动
你
陶醉于温婉的诗行
听生命萌动　看爱情成双

一路向春

大风起兮又一季
春裹相思
惟你
青丝熬成白发
无怨，无悔，无游离
不问对错得失。倒也美丽
长袖再甩。洒脱中
一路向春，烟消往事

涅槃后的雪花

太阳打电话给春天
让接通
梨树关于雪花的记忆

翠鸟衔着造化
点在一排夏天上
阳光顺手撒上一把作料

某个不经意的下午
梨树丛
冒出一颗颗香甜的雪梨

小清新

干枯的枝头，突然就
冒出了丝丝的黄晕
风，正从山野间奔来
一朵小花，弱弱的
于压迫处倔强抬头
兀自清幽起
一抹春天的香馨

春是读相思

春天需要安慰
造物的使者实时而来
晨观河边柳
晚看多几枝
层层梯绿，正
横扫一切牛鬼蛇神
霸主一季的春光，把
世界搅打成柳婀花萌
读风，读雨，读相思

下一场春绿花香

折一朵晚霞，夹在诗行
给我的笔涂上

晚夕晴空的太阳
幸运的是，活在了
简净的人堆里
这，都赖一个故事
故事与主人，常在
云彩流晖的地方临场
那样
涓涓的落日热流
就能
把我的笔深种入大地
下一个春天
笔与故事，再次合作
邀我参加它们的春绿花香

造化无需点评

陌上
蹿出一枝艳红
山中
爬起几抹新绿
红也娇娆
绿也倾心
春天奉命雕琢
生命的故事
满地打滚的繁华
于忽如一夜里
浅笑也透明
萌动也纯净
只一个喷嚏

就醉透了
来访问生命的心
感动　泪啼　无语
造化
无需谁来点评

谁能忍住泪水

月露渐温暖　春意渐跟进
世界要走出凋零衰微
大自然剧烈激荡
在这样的节奏里
在造化的大美前
请问谁能忍住泪水

春天在心里

春天，在河对岸
春天，在山那边
春天到底在哪里
其实都不在
化得残雪听呢喃
春天，其实在心里

邂逅答案

有人问感动是什么

请你
张开双臂
抱抱春天的迎面
再请你
闭上眼睛
嗅嗅春天的悸颤
你已经邂逅了答案

靠上彼岸

梦里，一尾鱼
游向记忆
发现自己的生命中
还被给予了另一种契机
游过沧海，不再
计算眼睛一路的迷离
卸下昨天的黑白
在星光流淌的时候
靠近尚未关闭的彼岸
明天来临如期

春天来拍肩膀

漫乱的生活，除了你
一切都不是奢望
念想，留在黑夜里过夜
白天努力远眺
它相信

春天会从身后来拍肩膀

芝麻开门

春天来过后
阳光就跑起路来
土地紧跟着阳光
密谋一件惊天动地的买卖
农人配合耕牛
虔诚地拍着一集又一集动漫
哗哗的犁声
芝麻开门被造化摆摊于人间

意会这里的春天

很喜欢这里的日子。春日
它，给人一种极致的镜头感
它，从春风中走来。款款
它，拒绝深度的意象流溢
它，喜欢简化的朴素和实干
它，已经抵达
就一起意会吧。不可言传

思

思是天空的热烈
喜欢流浪于燕子归来的时节

雨是纯粹的
找不到约会他人的颜色

心的围城里
思紧握一颗红豆
想着从我的雨季发芽
开花于你的春季

风筝与看客

风筝一鸢
在天空玩初春的洒脱
驻足的貌似观众
是观赏
还是观望
还是隔岸观火

没有什么心情
也没有什么冰热
上面的在飞
下面的在看
手不想松开眼睛
眼睛不想松开手
上头飞的是孤独
下头看的是洒脱

红尘喜好玩两头
一如这表象的世界

把春天悄悄煮热

冬天，正在向造化辞行
谁？正在煮一壶茶
窗外，随风飞舞的安暖
执天地牛耳，一路轻歌
脚步似乎越来越近
一定是轰轰烈烈
窗里，一壶茶并不知情
依旧熬煮着冷冻的日子
那滴欲跌落的眼泪，却
悄悄把春天滴在茶里煮热

爱的世界（组诗）

爱是一杯苍老的等待

纤瘦的爱
握住了思念的茶杯
茶杯说
爱是一杯散发着愁的香茗
爱摇摇头
将一包情愫轻轻倒入
勾兑出一杯苍老的等待

爱是世界的原型

爱，先于造物
爱，后于物尽
爱，是生命的起点
爱，是世界的原型
没有了爱
谁敢说这颗心还活着
只不过
一团儿黑肉在皮囊里

耀武扬威

世　俗

黏黏的世俗
绑架了初衷
几番慢些慢些之后
初衷枯萎成苦衷
倚窗望明月
心
第一次听到了叹息
一声心动后的心沉

用一生一世拾掇

善，只凭举意
举意，一座桥
一座穿越之桥
这头，是现实
那头，是善的惊喜
善，只凭爱
爱，一地秋叶
人人可以从上面踏过
有人，只当作风景
有人，却用一生一世拾掇

爱就纯粹地爱

夜会有很多立体的黑和感怀
会有描不出的思绪和夹心
染上俗尘的念，会忧怨细娓
耳边会周旋过去，渐行渐新
夜越深，念越会五味杂陈
其实，夜，本就是那扇心窗
需要你自己去打开
窗，原本是关着的
打开窗，呼吸带善的举意
聆听天启的天籁嘱托
聆听圣者的娓娓道来
就在眼眶热润的时刻。你
被温暖的它们合围
合围于欲言又止的缄默中
一扇窗，心凭栏念了谁
一窗月，心凝眸忆了谁
潸然泪，袖中埋
你，突然发现
今夜你做得最激动的一件事
就是你把你的爱正在纯粹地爱

岁月归了谁

土归土。尘归了岁月
爱，把自己织成了

一帘难以释怀的幽梦
梦，嘴多
说漏了爱的秘密
原来是刻骨于那一回眸
和眸中似有还无的哀怨
问，世间情为何物
答，岁月终归了尘

没有海枯石烂

雨丝，把梦织成
世界的地毯
有一双脚印
来过，爱过
说要去海角天涯

雨滴，把爱点成
立体的童话
有一对眼神
约过，哭过
说要到海枯石烂

雨若悟。梦若悟。爱若悟
把自己精神成茁壮的禾苗
一行行的绿浪
一直长到海角天涯
童话里没有海枯石烂

自私的自述

我拥有永恒的爱
因为
世界自愿做色盲
我暗送半个秋波
世界会意地
一起闭上一只眼睛
也不想睁开另一只
你也爱我吗
我连理智都能流干
我本来就是心上的河
泪和血早已麻木
我的路牌
上面只写两个字
一切
我手里的放大镜
上面只聚焦
一个字
我

读一路关爱

折一抹春意，堆出
晚霞与晴空的影子。独看
二月的风，不知
何时悄悄地送来了你

冥冥中，一枚
幽蓝的孤梦，爬越
千山万水后
忽然心境顿开
轻轻地拾起那缕回眸
悄悄地握住那弯清纯
等一季心灵的邂逅
撞一怀隔空的祈祷
读一路推心置腹的关爱

心

剪下千年的光阴
问
苍老了对谁的等待
消停红尘的务忙
问
几许凭栏？几许憔悴
俯流水而悦，仰青云而逸
问
谁是谁一生的心情
摘五颜六色，听风雪天籁
问
谁是谁春夏秋冬的爱
答案就一个字：心

可以穿越

意念，老想着穿越
动机尚存有黑点
于是，让心负责去淬炼
先被淬炼成桥
负重。也淡定
再被淬炼成秋叶
平静。也无悔
甚而
能听出一粒尘埃的类型
穿越，就可以开始

那个曾经的影子

影子一直蹲着
就在虚着的心隙缝中
就在空着的脚步边框上
它已经慢慢习惯了
这种被框起来的日子
一如田间地埂的小渠
日复一日
重复给自己浇灌
迟暮和随大流的思绪
不知是哪一日
影子突然发现自己
少了荡漾也没了激情

一阵心悸后
狡黠一乐
眸中
已经撕不出
半份曾经的那抹青涩和鲜活

灵魂问归宿

没有人
不爱惜自己的命
但
很少有人
爱惜自己灵魂的命
静静地闭上眼睛
灵魂可曾问过
生，活着
死，归尘
尘，归何处

绝世的风景

我们
在此岸。都挤着
渴望着彼岸的
风景
其实，绝世的风景就在
此岸。下面这些都是
坦荡，为人的底色

博爱，灵魂的厚色
气节，身躯的骨色
包容，善良的阔色

爱

日落时
你染成云朵
云染时
你藏成日落
下雪
最闲淡的你
晚晴
最热烈的你
闲淡时
送给世界一层干净
热烈时
送给红尘一摞爱

只为你三醉（组诗）

只为你三醉

有时候，宁静是有你的夜晚
记忆远扬，意念翩翩
正好，掩袖一笑
温一壶月色
心，依偎在你的庭院
只想着你。自斟自饮
一醉
把黑夜候到白天
二醉
把沧海守成桑田
三醉
把意念骗为团圆

遇　你

剪一道坦荡
穿越红尘累积的时间
独回千年

遇你
这个世界
只有你一个
我爱可为他陪葬

你的二十三年

静，被夜的弥漫抱得很紧
抱出袅袅清芬的快感
心，长出几许超然
一个符号
便，朦胧起来
你的爱
曾拒绝了月亮来慕名见面
待在被遗忘的今夜
仰望被彪炳的流年
春夏秋冬之彩
五颜六色之梦
可否斑斓出
你曾独守清幽的昨天
和
你的爱悄悄燃烧的二十三年

独自守望

我
调动不来五湖四海
蜿蜒在你的阡陌旁

我
采摘不了春夏秋冬
点缀于你的古道上
我只能
守在一段时光里
怀念另一段时光
可否
从你的岁月中
切入一段属于你的念想
只一段。有你，足矣
闭上眼睛，独自守望

你何时轻轻醒来

你，睡进了历史的收藏
从微信上轻轻睡去
在梦见里惊魂醒来
痛苦的触角，把自己
种入黑色天空
血红色的泪
停止浇灌诗人的红豆
红豆，可能发芽过三次
不过，那只是一个梦
可也让心开心地微笑过
每个傍晚都会这么晴吗
云彩不敢打包票
只是，表情略带点憔悴

邂　逅

牵一缕初夜的清淡
独自梦游你的千年
有花开。那是静观
有花落。那是动恋
我要接班孤单
只带一颗江南红豆
发芽的那一瞬
邂逅你的此岸

翻开久违的你的故事

举意重走你的昨日。在夜里
满帘月色。四季又换一季
你的昨日，于我注定只是
一幅错过的漫画
但，你用爱的远古温柔
还是成全了我
成全了那场夜里遇见的记忆
从此，红尘路上，我
满天涯地追梦
追累了，便
在你远古温柔的爱里
安静下来
轻轻翻开久违的你的故事

如果你是

如果你是黑暗
盲目途经我的孤单
那你，只需无言
那我，继续思念

如果你是梦魇
偶尔投影我的睡眠
那你，可否流连
那我，甘心陪伴

如果你是微风
恰好碰撞我的眼瞳
那你，留驻红尘
那我，感动泪奔

如果你是琴声
路过叩响我的心城
那你，别玩失踪
那我，倾听一生

邀你观光

整理好每一页记忆
装帧为时光
粗茶淡饭的日子

我邀你观光
在两小无猜的情调中
一起品味简单
一起晒晒过往
一起数数斜阳

忘　掉

你在晚晴里
会流浪成一朵云吗
不再是自己
也不再是故事
忘掉
来过这么个世界
忘掉
有过这么个世界
忘掉
还有过你和我

未来又多出一个傻子

对你仅有的记忆
随霏霏细雨荡漾
冲刷出一股深邃的历史
我找不到那个支点
风笑了
神秘兮兮转身
广告给世界

未来又多出一个傻子

美的窒息

有人说
体验美的窒息就去爬山
还有人说
感受爱的刺痛就去爬山

山的枯黄已悄然萌绿
似乎提前知道爬山人举意
会当凌绝顶早从感觉里走失
高处不胜寒也销声匿迹

挥舞着你的名字
在山顶在风中
笔画接通了关于你的记忆
美的窒息不可求只可遇

寻找走丢的孩子

不敢打开心窗
怕
眼泪出卖自己
你
原本是要陪一个
流浪的孩子
它的名字叫爱

就明天上路吧
一路去寻找
寻找这个走丢的孩子
也许就在前方
对
就藏在春天的花朵里

提　示

悄悄地
翻开你的过去
若水般澈清
若云般飘逸
无论翻看哪里
总能
恰到好处地
给我
清醒与提示

陪你互动

静静守一窗红尘
听你做学问
不言痛楚不晒幸福
在心的江湖里
陪你互动
就像

两个懵懂的玩童

你的世界你自由

上班。无数人的拥挤
只有霾在笑
你，只想大哭
距离远了。感觉远了
你讨好别人的脸色。江湖下着霜

下班。一个人的归程
却有风在陪
你，就想大笑
距离近了。感觉近了
你拧转自家的门锁。蜗居唱着歌

乞讨一捧你的微笑

就在梦里
敬然地仰望
可否撞上千年的你
乞讨一捧你的微笑

拒绝多余的孤寂

晚空的忧郁是被感染的
分化组合里

总感觉飘浮有你的影子
那颦笑　那淡怨
那吐出的每一个音质
爱到刺痛　美到窒息
窒息的美可遇不可求
刺痛的爱拒绝多余的孤寂

时间凋敝（组诗）

时间凋敝

心一直想来个大胆的尝试
好想来个一不小心
跟着你的心
在时间里走失

晚晴天天裁制衣裳
从来不管流浪的云合不合体
眼睛看不穿时间
那么就静心熬制心的记忆

流浪的云一个打盹
似乎梦见爱的时间
就藏于晚晴里
可　月落心止
时间凋敝

口琴曲

我把相思倒进
夕照的斑驳陆离中
可我自己
还在历史上流浪
没找到冬天的童话
秋天独自在那里放空
傍晚
我路过你的庭院
最后那一步
踏醒了一个久违的黄昏
原始的激动
我和着节拍，踩啊踩
悠扬的口琴曲
一声　两声　三声

被人为开发着的迁徙路

徜徉于梦的温馨，不想醒来
夜，依然宁静
徒步于迁徙的恍惚中，邀月同行
夜，依然宁静
拒绝早到的黎明
想独撞黑夜的心情
夜，依然宁静
先知已逝。光阴启动一条悠长悠长的古今

一块处女地，原始而纯净
夜，依然宁静
有人把它做成学术观光的风景
争建名利市场，兜售自己的借题发挥
夜，依然宁静
有人摆起了地摊，一片招揽声中惟我捷径
夜，依然宁静
有人随波其中，人云亦云。兴趣只在地摊上的零碎
夜，依然宁静
月色柔软得像一条丝毯
把半醒半睡的梦卷进它的温馨
夜，依然宁静
朦胧中，迁徙路灯火通明
一片狼藉下，人人展示各得其所的怡然与陶醉
夜，依然宁静
梦，放快穿越式的脚步
感叹每个地摊的琳琅，暗自叹服学术兜售者的执着和艰辛
夜，依然宁静
废品加工的隆隆声响起
惊悚中，一排排道具翻倒于迁徙路。幽晦而狰狞
夜，依然宁静
雾霾笼罩的迁徙路
原本没有雾霾。碎石子朴素干净
上面只有一行名字叫“脚踏实地”的脚印

忙

时间在生长
人人都

没有时间看月亮
忙

秋在流浪
谁人动过一念
关于归宿的意向
忙

一个忙字
就连流血的刀口
也懒得
撒把盐来疗伤

未雨绸缪
男儿当自强

忏悔的处方

欲望撕裂的口子
不是溃疡的溃疡
自负总能在醒悟的瞬间
再次扮成太阳
双眼被假笑和光环淹没
糖衣亲切地把蒙昧涂在流血的地方
甜成溃疡
……
火刀割
疼心揪
酿出一杯痛的忏悔

或许
在撕心裂肺中恰恰就是处方

它走在心里

世界和人，都生了锈
它，一样闪亮
仔细嗅嗅，可有
空气研磨成生命的馨香

你，曾经狼藉卧风月，醉生梦死
它，轻轻吹去你拒绝的潇洒
一把痛一把爱地
洗涤出造化赋予你原本的丽靓

岁月有终点。别来经年
于万千红尘中，你能一眼认出它
因为
虚的都走在地上，而它走在心里

内心种菊心

茶水，泡软了时光，也泡软了
大茶老杆的丝丝苦香
岁月渡口
那风，那雨；那人，那心殇
……
连雪中悠长悠长的脚印，都

长出了匆忙
青葱岁月遗落的激情，被
生活剪切到了月光
月半弯，往事随烟
既然
羞涩的囊内再也拿不出任何礼物
来祝世界的幸福
既然
冰冷的举意再也提升不了境界
来给人心健康做义工
那就
在内心种一朵菊心吧

夜发起了高烧

弹落一袖昨天
闻不到自己的半腥味道
谁的牵挂在心里寂寥
有人说
快乐了，梦就不会夭折
只是，欲望盘根错节
雄踞成大树，欺上心来霸道
快乐搭线在索取和名利上
被欲望抚摸成温柔的宝宝
到后来面目全非
已然不是原来的那个快乐
于是，梦就夭折了
于是，夜就发起了高烧

第三只眼

构成天空的颜色
其实很少很少
少到只有云和蓝
一个抑郁　一个浪漫
抑郁成疾时
月亮出来发表个心情
给住院的流年点点赞
浪漫成灾了
阴雨过去冷却下热烈
给心猿的竹马降降温
一切都按部就班

诗行间不经意走散的月光
偷走了半百人生的青梅竹马
悄悄密谋
创建立于不败之地的第三只眼

守候光阴开花

折一朵晚空的晴霞
于思念的竹竿头
撑成青伞一把
迎着不知归途的风
守候你的光阴
直到光阴开花

如果简单

初阳晴天
简单
所以默契浑然

晨风炊烟
简单
所以薄雾轻岚

两小无猜
简单
所以春暖花曼

简单了
可以静默
可以落座
可以等待一份安然

简单了
修一丛菊篱
遛一弯悠闲

简单了
遇一场晚晴
掬一捧山川

简单了

日子近了心又近了情
岁月不惊沧海不怵桑田

晒伤寻觅美的记忆

——题牡丹睡醒

晚晴伸出玉手
轻轻
拍醒了你
惺忪里
那一回眸
羞落了
西天骄傲的霞霓
千年的月光
赶紧闭上
窗户
怕你在晨曦中
浓妆亮相的惊艳
晒伤
寻觅美的记忆

无声无息的尊严

魔鬼身材的红尘
把自己打扮成仙子
萌萌的颜值
让欲望的眼睛垂涎三尺
飞蛾扑火般去入赘

不在乎尊严和自己的心
在红尘的温柔乡里
欲望的眼睛痴人难醒
连说梦话也都习惯于
口吐对仙子的醉心与钟情
有一天
欲望的心
来探望欲望的眼睛
它突然发现
尊严就藏在眼睛的睫毛后
无声胜有声地哭成撕心裂肺

虚常来搅局（组诗）

虚常来搅局

每每仰望夜空
常觉愧对初心
每个年度的结算
虚报总是最后搅局
生活是什么
是一块地
因为翻得不实心
常被杂草吃成前功尽弃

一个虚字

月色忽明忽暗
睡意深深浅浅
梦忽然断线
满地散落不见
清脆得有点诡异
瞬间又排列成字

蹲下身
好奇地读着
一遍又一遍
有些失落
久久不愿拾捡起来
一个虚字
竟成一生的梦魇

虚伪与牵挂

掬一捧晚空晴照的柔霞
冲泡成两杯热茶
一杯端给自己
一杯递给年华
眼睛对眼睛　心灵对心灵
裸真成一幅泛黄的古画
虚伪有点挂不住
不甘心自己只做赝品
赝品也能乱真啊
不也给了主人十足的风华
岂可就此灰溜溜逃匿
尊严与体面
一个缄默着嘴　一个阴沉着脸
一副舍命不让位的邋遢
……
脆生生惊魂
两杯茶碰作一杯
咕噜噜痛饮
身舒汗开

似有异类的附体倒流
有点眩晕　有点小小的不适
总有一处驿站要回归空寂
总有一段旅程要隔着天际
难道就此别过
放飞一场空空的世外出发
突然有些不舍
眼睛里生生又爬出一条
蜿蜒的牵挂

虚在商业运作

面子开了一丫铺子
苍白的率真的
还有赤裸的羞涩的
都可以出售出手
没有了过于偏执的脸
仅剩下用来讨媚的唇
还好心没有讨媚
双手常拥抱着一个假笑
幻想着它能替自己照明
眼睛挤出过几滴春天
希望它能在内心浇出绿色
僵硬地把那点情感
肆意扭曲捏揉
一架行尸走肉
白天里尽情挥发着
别人的杂音
灵魂可能呼唤过

就在每一个深夜
主人一点都没有察觉
也不去察觉
日子夹杂着虚伪的腥咸
臭蚀着造化对世界的钟情
消磨着一切生命的耐心
凶猛的撒旦要长久占据
心存侥幸的心
双手沿着血液的轮廓
搭建一副烦躁嫉妒自私的
混合立交式窝巢
总是让心在最安静的时刻
也听得到最美的钩心斗角
厌倦了就会不知不觉地
去纯洁里珍惜起自我
与自我一点一点融为一体
情绪化游离灵魂的精神港湾
随凉爽的清高思绪
悄无声息地
摆渡到现实岸上
登陆那一刻
轻松拥抱
能见度不错的自我
坐进感觉良好这辆轿车
虚
自然而然坐上了副驾驶大座

顿亚的艳杀

顿亚（红尘）招摇着她的魔鬼身材
表象主义者纷纷醉倒
利益想成为信仰的朋友
悄悄提着绞索
等一个温柔的时机撒抛
抛之前先做做热身吧
生活就这么浪漫
浪漫得有点怵颤和发烧
名利权色附在魔鬼身材上
痴迷若海浪的醉倒者
每一位都曾期待过
做一条投效石榴裙下的馋猫
眼珠滑向失落的喉咙时
还念念放不下远去的背影
不承认自己是被顿亚艳杀
却耿耿着这耿耿着那不肯轻饶

计较等于负一

冷风直直地
把黑夜使劲冷冻
冻得连思维
也趋成一条直线
直线是
没有拐弯的拐弯

忽然
那道题
一下子解开
计较
无论怎样列题
最后都等于负一

生死答卷都是空白的

冷，透着一点真实
考质着一道虚无
白，收容了所有碎碎的梦
还有
一个个独立孤行者
以及他们嘴角勾起的坚强微笑
白，是造化给时间的孤独
孤独，是时间给你的自由
于是
那道关于生死的答卷
看你把它的答案写得有多长

藏匿的影子

人群。熙熙攘攘
我曾经的影子在人群流浪
少年时的记忆，被孵化
爬出万千只萤火虫
飞着的。不飞的。但

都离开了母体
也许照不亮那一川过去

我，后来找到了影子
算不算是幸运的邂逅
日子，已经
在舌尖上驻了很久。也
嚼过一场清晰的梦
影子，却
在黎明前悄悄藏匿

打捞晚晴

晚空不存半片霞晖
谁告诉我
能从何处
打捞那一抹晴
滑过生命里的故事
由于太短
只能剪辑成一首打油诗
最喜欢
暮色扑来时的空旷
一派寂寞的美
长河落日圆
应该就是
梦里努力打捞的晚晴

打　叉

真情原本是一匹流浪的影子
它有着不一样的脾气
一张忧郁的素描
一束传爱的眼神
一抹厚重的脚踏实地
唯一的遗憾是
好像缺乏
转弯和练达人情的老练熟虑
燃起一念红尘
渴望一种认可
转弯无痕无垢
在练达两字上
真情一笔一笔地
打着红色的小叉

不敢轻易揣测

不知不觉间
连心痛也麻木了
举意漆黑一片
涌动的激情与双手
一起缺席
执着很难勘破
贤者的干办
遗漏在后半夜中

你没有身临其境
岂能轻易揣测
帘外只是虚雾和烟岚

走路的坚持

背井离乡
硬生生地把自己
丢弃在了
可能很有故事的路上
风吹雨打　四处飘零
似一枚离枝的叶
去触遇没着落的着落
还好
路的另一头
接上了新的故事
原本脆弱的自己
抱紧那些磨炼的标志
第三只眼看世界
很快有了
第一次快乐的哭泣
眼泪的舒畅
明显地在心里说
坚持这条路
不可能只是一场空喜

设计得太认真会虚伪

你渴望抵达未来时
是不是很渴望
另一个成功的自己
渴望是对的
设计得太认真会虚伪
要不，简单一下
把笑，调到流泪
把哭，关成静音
眼里，草木诗心
心里，善良如许

人生让清风翻阅（组诗）

人生让清风翻阅

今夜，月亮被剪去了半个
萧萧秋风，也刮落了半个世界
谁羡慕谁的人生
谁比谁自由
往事，无谓多少，只谓对错
穿越时光的悠然
与不争名利的诗和远方坐老
任一卷人生
在那轻叩门扉四下寂然的浅淡里
一页一页地让清风翻阅

丢　失

泪泡里的情绪
蹑着脚
添个茶
倒掉一壶昨天
枝头

有风路过
顺手掠走了那
仅存的冬天
腊梅向蓝天献出
它全部的积蓄
也只有梅
配给蓝天做宣传
碎碎的梦
一下子丢失了自己
丢得无影无踪

梦和空寂

月夜
梦
大方石
一粒种子
有鸟飞来
月夜
梦
大方石
消失了种子
消失了鸟

亲不见

笔下无言
泪湿纸笺

窗外春意早盎然
柔风轻叩柳
燕衔飘逸还
又是山萌水绿时
亲不见

晚晴知道

一湾流溪约来夕照
是，水与落日
在私会
还是，灵魂与灵魂
欲独白
只有你晚晴知道

透　明

心
在不透明的身体里
暂时还能借用
把爱恨
一一拾起
做成透明的漂漂石
然后
在晴空的晚霞上
打个水漂儿
不想留驻什么
只

扯下一绺涟漪
捻成一个圆圈
佩戴在无名指上
然后
与透明的心坐老

剥离难剥离的故事

拾起一束月光
绕在指上
柔意，顺着指纹
旋转成向心力
一闪一闪的
似乎有所举意
恍惚间
似有电击心脉之象
忽然发现
只语心情的你
定是帮世人来剥离
一个个
难剥离的故事

美在营造光阴

抬头。薄暮的天空
丁香的颜色正在出现
太子寺的动人也正在来临
天光一点一点开始上妆

忽然间，新人一个天女散花
满空下起凌波般的碎金
怎么没人来抢
务忙到底冰镇了谁的激情
波光粼粼的广通河
既然没人来抢
碎金子，悠闲地打起了搅水
美，在人的忽视里无怨无悔地生长
美，在营造一天中最为恬静的光阴

谁敢掏一句心窝

走到哪里
都在江湖里
一个影子
就是一个行者
都在行走江湖
你就是握着他的手
也靠近不了
倦就会瞌睡
而江湖不瞌睡
夜曲飘上了半空
街上熙攘的人头
如纵深的密码
不可对号
不知谁在冒充良善
月亮
就挂在你头顶
你敢掏一句心窝

我还干净

钥匙也是秘密

留一洞心窗
任谁也打不开
锁藏在光阴里
钥匙也是秘密

点几株烛火
照亮光阴
于忽闪之间
静悟开启的战栗

顺着黑色的夜
虔诚悄悄找人说话
黑夜不懂
难道你也不懂

久别与重逢（组诗）

久别与重逢

久别与重逢在月光下偶遇
此刻
久别只想重逢一卷月光
静静亲亲地聆听
此刻
重逢只想久别一卷月光
实实在在地坐旧

于此放牧这一生

——题一个叫风花雪月的牧场

谁给眼睛的世界
拂来一阵又一阵感动
茶花玉花　家人朋友
丛丛片片　两两三三
点亮起立体的笑容
风花雪月流淌成牧场
一个完整的自我

画中情　情中爱　爱中梦
造化的专题设计
真想于此放牧这一辈子

泪流满面

——洱海边的清冽

暮浓风紧　水阔天远
浪股在海中波动起伏
一轮明月缓缓
既在水中又在天上
水与月
地与天
静与动
近与远
波光潋滟中
时空流转
清冽的物我两忘
回首已是泪流满面

心涂着锐利的生长

春，从一根抽芽中醒来
打个懒颤，喊两声。站向高处
柳树的长发也就飘逸起来
那，显然是久久冲动的释放
有些美丽是安静的。春不是
春喜欢重味，喜欢飘飘然

喜欢把自己让眼睛藏在惊讶里
藏在那浅浅一瞟就动心的回眸里
喜欢衣袂的摆荡
喜欢连微笑都有声响
若懂，你心就在涂锐利地生长

还会有一个故事

世界，无非是你我他
你我他消逝了
世界，还会继续
你我他，可不仅仅是背景
世界消逝了
你我他，还会有一个故事

续演一个故事

走下去了的人终是走了下去
去到那里的道，岔路很多
不知是沿着哪一条去的
走下去了的那个人
成了另一个人的过去
大家，都不是一首完整的诗
走下去可能是一场别离
接下来该是一场忘记
不知有没有人续演这个故事

无动于衷长成花

行走的清新，无法停下脚步
那一尖、一蹿、一撮、一簇的抽芽
像虔诚的朝圣者，执意走旧年华
世界的明天会色彩斑斓
世人的内心会黑白分明
因为，造化就要打开一朵朵花
跟着造化走
一定会被造化洗礼到润物细无声
甚而，那些无动于衷，也会长成一束花

懂得距离

杏粉桃红
醉人式开启年轮
花前嗅香
知道该守一道距离
蝶恋蜂回
懂得要呵一世所爱
春天是大家的
千万别思春不知归

让心慢下来

让心慢下来

或能读懂蓝天
也读懂蓝天上的明月
让心慢下来
或能把自己的灵魂
植入夜的静里而后激活
让心慢下来
或能摸到红尘的软肋
敢于第一个吃螃蟹

造化对谁都从未亏薄

山村的梨花不辞而别
一身轻松
隐没于小草群落
草花遂被惊醒
田野主持了一个迎送仪式
送梨花迎草花
造化对谁都从未亏薄

山村在午后
被侧身而过的山风沐浴
果树上的春天已经淡出
那些可看的鸟儿
更喜欢后春颜时代
毕竟果香才是一种现实
造化对谁都从未亏薄

世界会完好甜蜜（组诗）

世界会完好甜蜜

嗑着半盘南瓜子
一个微不足道的爱好
却
常促成在纸片上涂几句
有人把它叫成诗
煮茶和搓一对上了年岁的核桃
清淡的茶香
正好奇着核桃的过去
大洋芋去掉皮
放在小烤炉的一角
善茶者是妙人
偶尔兴致吼几声是义薄云天
南瓜子烂子多是阴天
诗涂不出诗意是下雨天
核桃搓疼手指是烤洋芋天
继续喝茶
外面的世界会完好甜蜜

撕下一片月光

要浪就浪夜晚的月光
可以随意撕下一片
敷成给自己的止痛贴
做不了世外的悬壶者
就更不做俗世的造瘟人

年龄与一个时代的不等式

流年悄悄，一挪身
年龄已经被演算进
一个时代的不等式
……

窗外的不孤独

一个人的时候
总喜欢把孤独装进兜里
然后
静静地泡上一杯沉默
再静静地看窗外的不孤独
装进兜里的
泡在杯中的
还有窗外的
三个角度的三个个体

第一个就叫体验如何
第二个可以叫作守候
第三个能叫什么呢
叫不出来
叫不出来就叫不出来吧
反正人家不写诗也不孤独

微　笑

岁月里的一道风景
不居高临下，也不谄媚
它，没有昨天；没有明天
它，只有今天
懂得，很亲切
不懂得，也能感动
给你穿起最得体的衣裳

也听也看光阴的曾经

那一定是你曾经的泪
在时空里匿藏了一万年
簌簌落地还带着哽咽的声音
声音的每一个音符
一定能讲光阴每一步的曾经
曾经里的每个字
也一定很静美
听起来静美
想必看也静美

默默闭上眼睛
也听也看光阴每一步的曾经

记忆的后续

一轩西窗，一支笔
一本书，一杯茶
一棵老树，一尊远山
一个人，想着一个故事
一空向晚的天，一抹远去的记忆
自由，恩典中的恩典
红尘在自由里不进入视线
一抹记忆的浪漫真正算是开始
说浪漫就浪漫吧
只与微笑纯净，一如童真稚子
西窗外，风起。晚天向晴，若回眸
故事，依旧会继续
记忆，最终都会败给葱茏的日子

把无人懂倒往风中

一首在纸上趴着的诗
旁若无人地寂寞着
是过腻了小资的生活
还是打劫了主人的寂寞
主人默默喝完一杯茶
剩最后几滴轻轻倒往风中
诗问这就是你的寂寞

主人笑而不语
诗觉得没有人能理解自己
就想投进风里自杀
竟然间一闭眼时白了头
主人静静地倒尽最后一滴
回过头来笑笑
诗恍然然说这才是寂寞
把所有的无人懂倒往风中

添买点温暖

柴米油盐，囚禁起远方
诗，还是要天天跑来探监
一袭白衣上，不断被泼溅上生活
生活，依旧还是柴米油盐
煮一杯茶，捧一本书……成了传说
听闻，尽管是传说，还是有人在宣传
于是，就去证实这个宣传
不承想，被宣传给宣传。直到听完最后一个字
现在，可以走了。为煮一杯茶为捧一本书
当然，更为柴米油盐
不去探监，只给要去探监的诗添买点温暖

一阕小令

微雨惹湿小径
宛若一阕小令
喜欢这春色深处的独特

它可以酿进诗行里
把诗灌醉
然后
可以哄出曾有的故事
用梵音般的雀跃
轻轻地任泪流奔
奔成一场失败
其实
小径从来不语
其实
是心情在回答问题
回答故事里的所有问题
譬如一阕小令和一行脚印

心睡去

雨，是属于春天的心情
泪，是一个人欢喜一场秘密的秘密
有雨，一个人就去老街古巷漫无目的地走走
有泪，一个人就去诗行信马由缰地浪浪
摇曳于雨中抑或泪中的思绪
总是不知被什么缠绕着
而且是一遍又一遍地缠绕
走走，到底离秘密远不远
浪浪，能向漫无目的靠近不
会走到一个有晚晴的黄昏吗
会浪出一个无目的的目的吗
雨，暂时收回了心情
泪流满面。你已经进入状态

可是？心，却慢慢地迷糊着睡去

寂寞的颜色

依着蔚蓝色的空野
努力找寻寂寞的颜色
一个可人的流浪者站在彼岸
用心扑捉一簇踏波到此岸的浪朵
踩水嬉戏
一阵微风吹来
她的衣裙摆出一个最个性的寂寞
对了
找到了寂寞的颜色

有在乎的日子

常坐在夜里，和
月光说心事
常说成碎碎的思念一地
许多心事从一句在乎开始
上瘾的不是在乎，而是
有在乎的日子。甜甜的

第二辑

荷一锄静静的归隐

致自己（组诗）

致自己

在红尘里
曾经那一丝淡定
一步一步　滑倒
在一个叫权的影子下
你卑躬了多少

在红尘里
曾经那一念举意
一寸一寸　失守
在一个叫钱的铜眼中
你滑落到几流

真是
红尘惺忪客，何时醒物愁

近处的才是天涯

常听
人生一壶茶，各人各泡法
常见
呵卿难有爱，惜香终无花
常陷
可以绕过柔柔的月光，但
恒久绕不过黏黏的私下
于是
远处的，只是风景
近处的，才是天涯

举个意

——兼为新年寄语

咬一口月亮，酸酸的
喜欢这样的遐想
窗外，已经属于新年时光
那就，举个意吧
割开自己的虚
淌干净。不污染前方

我的世界

明天又是一场

痛苦的复生
我的世界何时能真正醒来
你奔跑的线条
穿过春天的温润
留下一粒种子
埋伏于我的岁月里休眠

不朽的造化
一层一层流淌不可复制的绝版
春风吹又生的歌谣
分明是你藏在岁月里的呢喃
传递梦想与坚持
这一季的花开与花落
轮到了谁家
不知不觉中春已参半

推开窗外的夜
灯火阑珊如是
山寨版的繁华如是
时光浩大中
仿佛听到那粒休眠的种子
轻轻哼着一首幽怨的歌

谁能走出自己

自己，是什么？是
放在风中吹不走的影子
你走进自我的那一刻
你可能永远走不出自己

祝自己节日快乐

小县城的外草坡上
任性的初秋又上演
那张熟悉的夏天的记忆
其实夏天呢
已于满山微黄的那个晚上
忽然悄悄不见
是去了远方
还是去了下一个县城
薄凉的毛毛雨
有点沉不住气的样子
总想把大脑都拉进它的网
一日三四次的冲锋后
终于累了个丢盹
不再淅淅沥沥
天空撕去身上的武装
开心地裸露出本来的颜色
蓝天白云露水
这样子应该是个好天气
分不清是空气太水分
还是露水太重
还是潜意识的感觉太湿
反正衣裳已经是湿湿的
那张熟悉的记忆是湿湿的
那抹念想更是湿湿的
古尔邦的“算亮”陡忽响起
是该去礼“尔德”了

这就把湿湿的念想拧一拧
然后在脸上抹一把
就用这一把来祝自己
古尔邦节节日快乐

简单给大家作自我介绍

简单，简单。更多时候
我只是溺淹时的一根稻草
暗箱操作的心，但凡
突然被光亮冷落。急得不行
不好藏匿，也不好躲避
就赶紧跑来，来抓我这根草
原本是放不下的。那么大一个
昵称叫红尘的大蛋糕
为了它
与这个斗争与那个争斗
硬生生要往夹缝中钻置自己
有堵的地方，一点一点挖除
任性着。没有不敢弄的东西
嘴头上说：要简单！要简单
简单却在黑暗里偷偷哭泣
生命，不知不觉间
被腌成一根不软不硬的香肠
在山珍上，上不起了山
在海味里，下不起了海
一下子有掉进无底洞的感觉
四肢通圆无方向。哪里有岸
快！叫简单的那根稻草不是在吗

虽然久违得有隔世的感觉，而且
我自己就快要发霉
不管那么多。这一回一定要勇敢
勇敢做一回真正不简单的简单

分享老去的微笑

岁月沉淀出的　是一颗平淡宁静
生活微笑来的　是一段活色生香
光阴的故事里
最初的感动往往难以忘怀
其实你和这个世界并不熟
你熟悉的只有两样
你自己的故事。还有心在希望
故事在的时候，可能不会孤单
心在的时候，可能不会疯狂
都是些最真的陪伴
都还可以老去　老成微笑
微笑能沉淀。也能分享
分享给昨天　分享给安静的心
最后，分享给死亡

一个人的江湖梦

耕云锄月江湖走
春夏秋冬怀中搂
梦里容颜秀
痴想一网收

醒来。江湖干涸
我笑了
窗外
岁月难望断
明月天际流

背　影

你是谁
似曾梦里的背影
你来过，像夏天的云
饱满十足。但
没有给我哪怕一个回眸
离你很近，却
总是握不住你的心
我闭上眼睛
一张网，哗啦啦罩落
我的梦，硬是抓破了背影

将来与自己对白

夕阳潇洒地点睛着世界的最后一行诗
晚霞，有那么一缕就抢先在视觉里开始抒情
悠着点儿。别艳晕了落日倔强的前行
夜，慢慢筛漏掉白天擅自闯入的掩饰
窗前一阵风过。过声竟然与心跳声一致
是虚伪还是扭曲？心，将来都要与自己对白

和那个虚的自己在道别

秋的味道，在吃着红苹果时最脆
霜，把年轻的狂热通通绝杀
寄存在神秘云层里的赤橙黄绿
执执地盯上了还穿绿色裙子的藤蔓
你一定就躲在秋里。就像大多数诗人
诗人总幻想着调味生活，进而调味世界
你写给娇羞的山桃花
女汉子般的马兰花
你也写过自由的漫空雪花
你最喜欢那冰清玉洁的飘然之身
往往因不知去向，也就不过多挂扯
风，扫着落叶，也扫着影子
很怀旧的样子
霜，一刀一刀地雕刻着耐力
被剔去的，都是废者。没必要再触摸
秋，终于有了形态。是一枚绝世的钻戒
好一枚绝世的钻戒啊
如今，却闲在了丹枫的手指上，有点冷
一眼望不穿的枫林，相思从里面走出
低眉垂目着，一脸清淡的饥渴
你可能在秋里面再也躲不下去
一声轻呼。那是什么
赤橙黄绿，从神秘的云层里
直接坠落
晚空上，齐齐挂满了小红灯笼般的晴
一场秋，被你全部兑换成碎银子，边走边撒

自然而不做作。你只做不说
可，我还是嗅到你了
不说，不正是和那个虚的自己在道别的你吗

归隐（组诗）

荷一锄静静的归隐

我
等待飞雪把我从故乡来劫持
流放到迁徙路
让我捡拾你踩过的每一粒石子
煮一杯浓浓的岁月

我
渴望黑夜把我在纪想中绑架
囚禁在麦地那
任我吻亲你踩过的每一个脚印
荷一锄静静的归隐

延续生命

野火烧亮秋的最后一根枯木
层林尽染的故事
开始着手卸妆

谁在冬夜低吟经文
敦厚　苍劲
信念如初

淫雪狂诵了一夜的宫廷诗
约不到伯牙子期
孤芳自赏中和绝唱擦肩

年华发现自己在迎合里错付
脸色苍白　身心疲惫
岁月不会老去

枯木燃尽　烟散处
灰烬悄悄在土地下面
埋下几粒延续生命的绿

空白纸上的擦肩而逝

所有的诗　所有的念
在那个下午
化成一张白纸
忽然就摸到自己
也摸到那个掉队的过去
你我在哪里
难不成已是白纸上的擦肩而逝

那放空一絮

最陶醉那放空一絮
好想让此生也游荡天际
累了，歇一歇。再走
走出那个自我
不。是
走出那个自我的空虚

教　学

一丫板擦，擦出了
人比黄花瘦的苍裸
三尺讲台，游走来
举意自醇香的执着
沉淀的淡然，若
一叶兰舟
摆渡的都是些寂寞
清守，尚恐不及
怕
不仅负了自己，也
同时负了岁月

享受漫不经意

世界的夏日

已
亭亭玉立
心中的夏日
尚
在摇篮哭泣
那就
给自己放假
继续
享受漫不经意

如今……从此……

如今，成熟变味再变样
如今，世故大街又小巷
从此，就连失笑也不再纯朗
从此，就连痛哭也不敢裸放
如今，空洞伪装成沧桑
如今，虚浮涂鸦为坦荡
从此，没有了为心而碎情殇
从此，只剩下为情而卖心房
如今，真率边缘落角墙
如今，阿谀高爬登雅堂
从此，少了懂你泪水的便当
从此，多了懂你笑容的伪装
如今，还有谁凭栏西窗
如今，还剩谁明月凝望
从此，我躲入诗书改读苍茫
从此，我初心不改再玩流浪

告别干净的通知

梦见黑夜睡着的时候
我尚在痛饮我的白天
看不清杯子里是天堂
还是地狱
一把能埋葬地狱的钥匙
从手头掉落
钥匙扣上决心二字忽隐忽现

整理好一大堆欲望
压在枕头底下
继续上床睡觉
梦见快塌陷的茅厕
踏脚的地方上下波动
惊醒时一身臭汗如洗
怕是和干净要告别的通知

开盘于餐桌上

谁在窗口凝望
不远处的夜空
胃和欲庆祝开盘的烟花
正拥抱着绽放

夜空是灰的
一个透入血肉的眼睛

偷偷发笑
你不要笑

他最炫耀的成功是
成功做成胃和欲的开发商
开发本难以捉摸
人人觉得价位理所应当

烟花尚未熄灭
开发商迫不及待
开盘一轮新的广告
就在餐桌之上

冰镇一杯夏天掉落的情感（组诗）

冰镇一杯夏天掉落的情感

夏天忽然就停了
雨水不再骤多
酷热和蔼起来
时间煮人还煮感情
也煮茶
有了茶的陪伴
就有时间把一些记忆冷冻
偶尔会冰镇出一杯
那个夏天掉落的情感

友情注目

夏季的蝉鸣，渲染了
一个秋天的色谱
岁月留声中，编程
生活的朝朝暮暮
听一曲天籁
读一段心悟

放飞几许疲惫
在这一刻
让大家都悉数融化到
流年柔柔的丝带上
然后戴上一个叫微笑的眼镜
去感觉
生命静好，友情注目

闭上眼睛的那些日子

午后的阳光从西窗偷袭
蜂拥而至
一如蜂拥而至的往事
我有点翩翩然
颇有回到少年懵懂时的战栗
岁月里曾经爱过的细碎
突然间纷至沓来
上墙的　揭瓦的
下河的　摸鱼的
追丫头的　偷萝卜的
……
慢慢冲出一条幻象的流溪
我和它们
都凝固在记忆的老式取景框里

烧烤夕阳

从门缝挤进来一缕阳光

彩色老得有点苍白
空气一直嗅着地
觉得色彩的苍白不过是
挂在外面土墙上的回光
时针的咔嚓咔嚓声
提醒熟悉的人和陌生人
一种同时老去的善良
生命都要归会到这个钟点
外面的世界里
人们正坚定地烧烤着夕阳

独家产权

雨后彩虹
把赤橙黄绿夸张在
每一寸天地空间
夏配合这种渲染
也开始出击
放任果香
去遛弯儿
独自走失的美味
先占据了胃
再占据心
于是
梦的每条隧道里
到处霓虹着
诱人诱胃的广告
农家园——
大自然独家产权

夏的枝头读取造化累累

夏深处，我一遍遍
踮起脚尖，想跟
春天的影子握手说再见
那飘然而去的落花
此刻，应该等到了
一个故事
于是，树上挂出了
一串串丰年
谁的青春不朽？是
溜入你鼻尖的果香？还是
枝头千年凝露的斑驳
还是岁月刻在青石上的
我自岿然
一春有一春的花开
一程有一程的故事
一生有一生的信念
循着每一春的花开，能飘
如一叶飞蝶。浪漫
索觅每一程的故事，可读
如一条网虫。过瘾
咀嚼只有一次的一生
如一闪青春。值
如此，久远的春的呼唤
才会在安心里安然
如此，过往的每一天
才会在画意诗情中流潺

固守这份甜甜的拥有
在夏的每一株枝头，观赏
造化把春累累成硕果
在夏的每一株枝头，读取
硕果被信念羽化为初恋

轻盈的形象

天边的风景总能感动人
晚空总能来几手上好的感觉
夏天曾给你发过几个
山重水复无觅处的特邀
是有人懂你？还是
把欲言又止
挂成了嘴边的一个微笑
那个夜晚，瞌睡就这么
被丢弃在了泪水里
咸咸的味道弥漫着
似乎要让昨天重发高烧
心景让空洞割成了碎片
因为盛不下这世间的邂逅
易水人去，万般故事
好在即便枯萎零落的时节
晚空永远能更换轻盈的形象

天空被尽情地沐浴

远方有雷鸣电闪在呼唤

云的脚下生风
黑夜又惊出一身冷汗
于是
天空被尽情地沐浴
洗了的天空还有尘埃吗

一瞬痴影

夏天夜空的云
很是随意随性
在合围的惬息里
在窗外
把凉凉柔柔的梦
不急不缓地
摇成满地的心情
别去惊熟睡的露珠
在娇艳与现实之间
让美多睡会儿
美也只是一瞬痴影

杏的成长史

喜鹊轻盈而飞。低飞
挂在风的回眸里
杏树的枝头，吊着
童心的嘴馋
蓝天无声。有人在看
清一色的绿。灵动

一双双有好梦的眼热
借着艳阳，把
手搭在你的眉心上
与你一起踱步这片林子
你的青涩，此刻在等
等待向盛夏呈献
橙色的羞涩。一个
动情的负责任的蒂落

造物写的好故事

雨天。我听见你呼喊的声音
树叶。流溪。斑驳的古墙壁
浑然搭配。一幅后现代景象
惊人的相似于曾经的梦里
这一声呼喊，承载了太重
一定是一次两岸平行的别离
古墙壁外的柴火，堆放很齐整
有点儿像高颜值者的皓齿
似在细雨中默默磨叽着主人
这，应是倾诉无限的好时机
无限，本不是生命的本位
你的本位，造物想写个好故事

戒掉撑伞的习惯

只想
静静地被遗落在岁月里

枕上一本书
盖上一本书
不携带感伤的诗心
不奢望美味的佳肴
脑海中没有特别的事
内心很是安然闲淡
一切回归到原始状态
所有忧郁的空气
所有非由心生的微笑
所有皮笑肉不笑的寒暄
所有强行装摆的掩饰
都随日子慢慢地忘却
一直到它不再下雨的时候
就正好戒掉撑伞的习惯

被时间温柔的信念（组诗）

被时间温柔的信念

时间温柔地
占领信念
一寸一寸地

时间优雅地
滴漏信念
一滴一滴地

信念原本干净
一脸无邪
时间温柔优雅

信念外表红光
内躯虚瘪
尚存信仰上班

时间永远不休假
信仰下班的时候
一起都不敢想象

温柔的陷阱

出神。我看不见
自己的心情
月光，含情脉脉地
把眼睛紧紧抱住
瞌睡，失眠在枕头上
思念，把泪腺割开
体无完肤的激动
摄人魂魄的触动
义无反顾的冲动
红尘三千，统统打包
甩给身后
就此零概率回头
眼泪继续湿心
今生最后的灿烂
被温柔成
一个接一个舒心的自欺欺人

祈求一个拥抱

梦想。期待。今天。明天
忽然有一天，心
在灵魂里踱起了步
久违的本真，被吵醒
不顾一切地跑向旷野
祈求忏悔给他一个拥抱

一个懂我的故事

习惯在日子旁
静静地看
悄悄地看
柔风和夜色
还有空气
渐渐有了记忆
温柔流动起来
能否淌成一曲
最能懂我的故事

流淌信仰的小溪

借着夜色
你约信念签字
你用你的善良
和虔诚
轻抚着流年
结果
顿亚庖丁
也学会了放下
手中那一刃锋利
于是
潺潺的春天
在红尘的眸底
润出了一条

流淌信仰的小溪

彼此是彼此虚构的时光

望着卡在树杈上的风筝
风景变成了隔世
我原是路过打酱油的
抬头看天就看到这么一幕
生活更像是一场放风筝
蓝天在上　各自飞翔
你来去也许自由
也许不自由
说什么好呢
我不禁怀疑起那些演说家
他们的舌头上有几套宇宙
燃烧的眼泪和会哭的押韵
四面八方投来的挺可爱的眼神
喜欢我们吧　听听我们吧
这时代唯一没有含金量的
就是“演说”在影子中的游离
不需要思想　不需要懂得
你放你的风筝
我打我的酱油
彼此仅是彼此虚构的时光

岁月被爱安眠

夏天被五月攻陷

极目远眺
层层叠叠的绿浪
斩断一切多愁善感
生命的野性
与阳光结盟
发起一轮又一轮
革命攻坚
矜持半分不留
岁月
被轮回的爱
提前结晶
或者提前安眠

让心去激活（组诗）

让心去激活

于心里，总听见
一个声音欲苏醒。在
最深的角落
较着永不退让的劲
心的主人，从不敢
轻易激活

岁月早已麻木
月浅灯深里
灵犀，还没有完全生锈
也没有完全被欲望覆盖
问问暗夜
欲苏醒的声音是否苍老
问问昨天
最深的角落可曾清洁
问问心
声音的组合里
还能听出多少缕意志

不要冲动
解铃还须系铃人
告诉心
让它沐浴后前去激活

遛　心

旷野之中
最唯美的眷恋是
遛心
很随意
没有目的
捡起一个瓶子
插进一朵野花
浇上一捧溪水
一花一世界
喜悦满怀
诗意满怀

岁月忽然滑落
几乎要闻到
强劲的山雨欲来
一切都会过去
山的等待给了谁
千年固守的执着
只为一句承诺
旷野永远接待
善良的你
前来遛心

反心率

你何时把那个回眸投向空阔
歧途蒙蔽了我的眼睛
只能心里惦记假设的时刻
你在时光上的留言
我拿孤独作密码去翻阅
读你的渺无音讯
也读彼此曾经牵挂的开心快乐
明明心很痛
却于这种痛的感觉中反复感觉
有时候突然怔住
痛是不是一个世界与另一个世界
在心底彩排隔世的经过
这种被带入幻觉的期盼
轻轻地柔柔地堆积
堆积在心的隧道里
一个一个的时光点
组成一道我的无法逾越
隧道反心率
深入越深　心痛越烈

陌生的屋子里

阳光游离于身体外
身体飘浮于空气里
翻开厚厚的自己

感觉走向陌生的屋子
每一扇门的钥匙
都不在口袋里
其实
里面的人都是亲人
或者都像亲人
进到哪一间
就在哪一间里栖心
不用去看脸色
不用忽悠花花世界
不用思虑得过多
就此锁起理性的情愫
就此放下感性的残骸
用一种直觉的方式
在这间陌生的屋子里
简简单单地过日子

不堪回首

夏天刻在
记忆的骨头里
天上的流云已越过
沧桑的沧桑
夏硕的果宴
正在四野开席

流浪的我
影子般跪在
黄昏的轮椅上

远远嗅着夏天的果宴
一次次馋自己

滴漏你曾经的存在

生命，一个一个地
走失
再辉煌的本事
也，只是故事
一盏清茶，偶尔
于心底划过涟漪
轻轻地掬起涟漪
滴漏出一段你的文字
很美
只因，你曾经存在

消失是生命的本位

一岁又一岁的枯荣
是抛过来的温馨提示吗
可年华还是愿意跟顿亚上赌坊
含情脉脉而耐人寻味
抑扬顿挫只撒出一撮红尘
牢骚就把愁丝弹奏得比柳丝还长
消失是生命的本位
还没来得及放大什么叫感恩
生活就蜷缩成一丁儿遥远的旧时光
一梦经年再梦暮年

恣意蔓延的泪水
可否还能击穿穿了盔甲的沧桑

迎来释放

走在一堵老墙下。正
好奇着墙的那面是什么
一层一层
斑驳着的土茬笑了。说
我都不敢拿我这
没有时间概念的容颜
去打一场翻身仗
尔等不过是过客，还
花时间去管墙那边的沧桑
霎时，困惑多年的一口气
弱弱地迎来了释放

调　整

走过人杂的市场
谩骂和牢骚到处设伏
夸耀也来充当狙击手
各自盯着你的耳朵
你只能屏蔽自己去做“耳人”
习惯了就叛逆就学坏
生命就这样不留痕迹
有山风陡然莅临
有落日陡然莅临

有放风筝的女孩陡然莅临
心，一阵悸动
晚空宽大的手掌
收拢时间也收拢一切过往
山河岁月应该是你的背景
将那个学坏的死死压进尘埃深处
“耳人”的素心可能还在
板结的记忆可能还会捻成线
这两样可是星星下童话的帐篷

得到了整个世界

在一次汹涌过后
终于变乖
流过泪的云
把谁埋入心底
油菜花和蝴蝶
天涯某一时
彼此努力去直面对方
那天的夕阳是晴的
晚空下的飞舞
是去猛追青春吗
一埃尘粒
静静卧于花间
那片油菜花和蝴蝶
曾经把生也值了
演绎成一段春天
努力了那么久
好像

从没得到什么
却像
得到了整个世界

喂养一段这样的时光

——致故人

运气再次这样的调皮
在雨后，在夕阳下
又看到天地共蓝时的微笑
眼神好酥好酥，尽管是背影
是在等待见字如晤？还是
在远眺中放映掉落的过去
每一次风把云吹皱
每一次云流过泪
总会在天地的某一角
曾经那个写诗的小灵犀
轻曼的背影有点小弱弱
是不是？好久没有笑过
是不是？一直都在偷笑
快把自己轻轻抚平到原位吧
再叠一鸢追赶晚空的风筝
再找一个帮忙拉线的人
双方努力，把彼此装进眼睛
喂养一段这般平静的时光
屋檐上可以下雨
屋内可以生火做饭和想过去

荷塘月色的梦（组诗）

荷塘月色的梦

月光
捏碎了弦音
将一支心曲
弹洒作
柔柔的夜晚
世界
披一帘霓裳
把那抹相遇
朦胧成
滴答的听见
小城
泛起了涟漪
带着蛙声
缓缓倒向梦里
一个
荷塘月色的梦

想知道过日子是什么版

一条路走了几十几百遍
从这里开始
拐过几个弯翻过一座山
山没有变
树一年一变
路随着树随着山在变
山是造物的蓝版
树是造物的艺术版
路是人造版
好想知道过日子是什么版

想那出神和明月如霜

那抹晚空，还从没拉过别人的衣袖
进去吧！一定会有一个邂逅
他的心，早就凿开了一扇
抚摸你万里无云的西窗
这个时代，也还能对视到
迎面而来的远古唱歌人
他唱你是夕阳的女儿
一日一日的冷暖
和着心跳在为你打拍
你的夏天你的冬天你的伤感
一直听到自然睡去
满脸的温柔，在林荫道上梦游

把幸福的表情垒得悠长悠长
一面是务忙的顿亚
可以精心可以投靠可以入神
一面是偷偷去想的自己
出神时的微笑和明月如霜

你那个记忆的遗落

又遇到生命中的那个记忆
于是，梦一层层被吵醒
于是，关于来不及长成的爱
就下成了雨。绵绵一个夏季
就刮成了午后的风。被
开着的窗咯吱咯吱成最初的旋律
就染成了花的颜色。还
带上了淡淡的离别愁绪
就变成了一只爬上花苞的蝴蝶。在
月光下静静等候黎明
记忆发现自己的影子，被微风
轻轻摇曳成夜晚的穿越
这时候，自己仿佛也在穿越
隔世的记忆们纷纷前来报到
大家串成一个半定格的画面
远处，有一条小河
一岸在古代。一岸在脚下
看起来，此刻的我
可能不是我。可能是
你几百年前那个记忆的遗落

心可否随心而去

天空，比往日更蓝更澄净
蓝得有鸟雀都辨不好东南西北
花草享受着温润的土壤
风，从绿透了的树梢拂过
风与树永远相生相克着一种微妙
彼此满满心有灵犀。不需言说
心呢，可否随心而去？做喜欢的事
就像风，就像树。微妙而意趣
当然，不可言说

谁能读懂

一草一木与岁月之间
养眼应该是美的起点
美与爱之间
欲言已羞可能是深度
爱与现实之间
随意随性似乎很动人
其实，起点最动人
都是岁月自己的影子
也都是岁月已寄出的信
关键是地址写给了谁
因为，也只有他能读懂

纯净地追求纯净的托靠

一切谎言可以悄悄埋在心底
末了，霉烂中剩下一声叹唉
一切真诚看似被埋
实际上连黑夜都埋不住
一定会从意想之外抽芽出来
沿着岁月的足迹一路悄行
帮一个人，或给他一个微笑
哪怕自我多么的边缘微卑
然，举意干净。埋就是不埋
可能一切都淡。如风抑或如水
但，梦永远
但，希望永远
但，纯净地追求纯净的托靠永远

尚欠时光里的一段深情

晨起。推窗。夜空，熟睡
不知何时，你的笑容有点模糊
不知何时，你的举意渐行归零
岁月，依旧一朵花般妩媚
一帘帘山川，一汩汩溪水
灼灼疯长和一路潺潺
如诗如画　如梦如永远
可你的举意呢？灵动与激情
让谁来埋单其中的荒芜

或者，这难道就是你的宿命
需要提醒自己：少去抱怨人生
需要告诫自己：少去奢求完美
需要要求自己：少去玉食现在
天光放亮。造物的光
一定有路牌，一定会有箭头
相信，所有的努力和尽力
向灵性靠拢都是零距离
不过，尚欠时光里的一段深情

你的眼睛里

你一直径直走着。在黑暗里
这座城市，也和你一样
行色匆匆。都染上了黑色记忆
光阴忙于收割。一茬又一茬
麻木依旧健在。谈笑风生也健在
司空见惯仍大摇大摆着招摇过市
拖延，是个冷酷的杀手
没有什么比习惯于拖延更顽固
虔诚和微笑低着头。悄无声息
黎明就要到来。它的瞳孔里
应该有你的眼睛。那么
你的眼睛里，可有对造物的惦记

把举意交给你远去的影子

窗外的盛夏是另一番世界

雨像遇到了释怀的知音
用最简单的方式表达着爱
你静静洗浴着做最后的别离
有一种体验叫莱麦丹记忆
不论你是在数九寒天
还是依偎在盛夏的怀抱
你的彼岸的路上没有人主动言弃
胃口早已遗忘了饿的声音
宁可虚脱全身甚至虚脱感觉
也要誓死与你共进退
要把滋味体验到牺牲般的静谧
多少的刀光剑影拼成你的过去
多少的激情在你的日子燃烧成士气
多少的悲壮每一滴泪定格着每一个你
此刻的我多么想自己走进你的故事
天上的雨丝稀稀拉拉后回了家
有几颗星星溜出来乘凉
我推开门走向夜色
希望能把今夜的你封存于泪的记忆
听说沐浴好的你要走了
我和我的心就这样跑出来送送
不期盼能否再见到你眸中的那一抹温婉
就把这点小小的举意交给你远去的影子

你只是一个路过

天蓝得不像天
花美得不像花
石头的房子

还有那么多烧柴
你说
在石头的房子里
喝一杯柴火烧的茶
茶在等你
茶的味道是什么
是你心里的味道
只是嘴里不愿说出
一切仿佛都是定然
茶香已经袅袅
你歪歪头
躲开了咽喉的蠕动
努力提醒自己
你只是一个路过

第三辑

那个秋天和妈妈的味道

母爱（组诗）

母爱不作修改

我在把母爱写成诗
无论是写短
还是写长
都无法点上句号

我在把母爱画成画
无论是水墨
还是油画
终究画不进表情

眼泪婆娑的我
久久地吟哦
久久地涂抹
最后
只点上一个逗号
只画进一个背影
不作修改

母　爱

心存愧疚的梦
总欠着母亲一个时代
哗哗东逝响
是流年在牺牲光阴
还是母亲在
牺牲她自己的生命
流年与光阴
在艰辛的日子里
只倒影过两个字
母爱

母爱是心痛和故乡

母爱，在水里
脚步很细碎地走远
我看得见她
在流动的水里回望

母爱，在镰刀头
小麦摇曳步履
我闻得到她
汗水滴镰刀的模样

母爱，在心头上
梦给它晒着月光

我听得见她
永远是心痛和故乡

永远的愧疚和骄傲

月儿悠悠地驶过南窗
流泻着高空世界的心情
夜，总是如此安静
眼睛里可以留宿今夜的星辰
心里只容许住你一位。母亲
那些激动的片段，于
一片清晰的回忆里反复回放
给这夜缀拴着慢慢地生长

母亲，你还在故乡村口焦急张望吗
母亲，你还在给游子熬长途路上的油面吗
母亲，在黄昏被夜合围后
你是否还在驾驶一针一线拾掇行囊
母亲，在儿子于热炕头呼呼大睡后
你是否还紧盯着儿子的睡姿偷笑

灵魂被爱蔓延成心里永远的神话时
母亲啊，你是儿子灵魂里
永远的那一个愧疚和那一个骄傲

母亲擀面条的游戏

夜晚刚刚化成清风一缕

时间就滚出月亮的世界
月亮的世界爬上了高地
我摔成了一碗面条
突然间
就链接上老家那个大院

星星给瞌睡的我们讲故事
大院里没有灯火
不知悲伤的马兰草
被故事感染到有点呛鼻
母亲擀出的面条一碗又一碗
在没有灯火的夜晚
我们和面条围成一座孤岛

岛只属于我们的味道
没有来客
马兰草被我们铺成理想
彼此捉弄一场夏末的游戏
在母亲擀面条的声音里

母爱与催眠

背影，不知俘虏过谁的记忆
记忆，绑架了窗外的月光
月光，又一次让失眠找上门来
今夜，没有了母亲悄悄给我拽被子

闭上失眠的眼睛
隐约看到背影和远方交替烹饪

流淌在我的记忆里的涎水
还能否嗅出那个原来的味道

光阴易碎，母亲拽的被子
成了我最强大的碎片集散地
疯长的黑，孤独的失眠
把那个背影粗暴破碎又轻轻黏合
小人有可能就在你身旁
谤你欺你辱你笑你弄你
而母亲拽的被子
早给你砌好了一座城池
只要你愿意进去
城墙上陈置有各式武器
忍让、宽恕、原谅
请记住，这个世界上
母爱所陈置的，全部货真价实
你尽管随便放心拿取

那么，你心中的失眠
应该能闭上眼睛睡去

母爱在相望里虚掩

小轩窗　月正圆
清茶的余温在记忆里
缓缓激活那些昔年
不曾孤单的日子
是母爱照亮了
心海波头的黑暗

母亲的背影
既近又远。然
一直在相望里虚掩

那个深情的念叨

红嘴鸦的鸣叫声
应该是这儿的冬天里
唯一流动着的旋律
也是唯一想听的旋律
寥寥清瘦　悠悠脆亮
一声又一声的背后
装满了母亲深情的故事
下雪的早晨
扫完雪后的热炕上
母亲总会念叨鸦雀的起早
念叨鸦雀没有隔夜的愁
念叨鸦雀没有解不开的泼烦
这一念叨
走过缓步抑或疾行的茫茫岁月
我或许读不懂每一声鸦鸣
但能读懂可以把隔夜的愁
把解不开的泼烦
交付给北去的风
尽早放逐它们于身后的流年

被文字绑架的母爱

谁
真正寂寞了母亲的寂寞
谁
真正快乐了母亲的快乐
红尘中，只
文字喧嚣
文字里，只
喧嚣煽情
于是，世界
苍白了许多
于是，文字
更加苍白

母爱被绑架，成了
骚客夜半忽明忽暗的产品
细碎的流年作坊里
一台叫“作秀”的微波炉
一次次，一遍遍
二十四小时
烤焙
拷贝

一股铜臭刺鼻
你能闻到吗？母亲

离你很近。母亲

却
再也抓不到近的感应
你成了广告背景。母亲
文字随意涂鸦着你
你成了文学应景。母亲
印刷厂赤裸裸排版着你

母亲，你
蜷缩于文字中
孤苦伶仃　独自涕零

两个影子

秋天吆喝着卖秋天的清味
杯里的茶也是清淡许多
连氛围也清淡起来
一抹伤感一缕清愁

窗外，被细雨守候着
老家屋前的好几棵白杨树
经多年的润无声后
平缓的叶子天天开着天窗
那应该有两个影子
一个是父亲的，另一个
当然是母亲的
一个在寺里说卧尔兹
一个老往后园子跑。刨土
去刨寻儿女们的饭食

屋内，是思念的渡口
灯下躺着一支五十岁的笔
想心平气和地画两个影子
或许，画不好
听听手机音乐再试试
最后，还是画不好。撕碎了去
也许，这些都不重要
背影，应该像长成的大白菜
平和且平静

秋天是一杯茶的清淡和瞌睡
撕了的碎纸，轻轻地
轻轻地拼接进了一个梦
正好是母亲和父亲的两个影子

那个秋天和妈妈的味道

眉睫上慢落着那个秋天
一片叶子在临摹梦里的美
淡淡的
阳光还算暖暖
坐在老宅的屋檐下
晒着老宅的太阳
突然间
闻到一股既亲切却又遥远的干净
是的。就是那个秋天
那个秋天，为何干净？因为
那个秋天不仅有
挖洋芋的味道和割青稞的味道

更有妈妈的味道
就连那个秋天的一卷阳光里
妈妈的唤声会格外清爽
所有和苦和累和汗连接的劳作
在那个秋天里
只和依偎只和干净连接
那个秋天
风里没有抱怨
那个秋天
雨里没有眼泪
那个秋天，只有一个妈妈的味道
那个秋天，只剩下一个干净

与秋意共醉（组诗）

与秋意共醉

只一杯秋意，就
醉倒了所有的过去
晚空，依旧还是
那样的湛晴
天高云淡的放空里
最适合把寂寞和欢欣
还有风尘仆仆的理想
一路减码
于落叶唱吟中
投怀与满山秋意共醉

开往秋天的心思

开往秋天的心思
在我生长的地方
在一个夏日
安静地别离成背影
这个夏日溢出过

很多很多的泪
天空一直低着头
连山鸡的鸣叫
也听起来湿漉漉的
来个早操式的深呼吸
浑身会吸成海绵宝宝
城市依旧繁华如锦
没人注意到我
我却注视着人
日子突然就变得漫长
面向那片荒芜
一下子似乎读懂了很多
也读懂了天空的心情
脚下开始脚踏实地

有一股路过的晨风
在这个有点清冷的早上
撞向那辆
开往秋天的心思
这是这个夏日唯一的
一辆末班车
很准时
我犹豫着
是否该抬起跨上去的脚

释然后的疲惫

秋意在自己的领地上散步
大地已经怀上了春的孩子

天高云淡亲吻着世界
也亲吻着秋的影子
一片离开树梢后长途飞行的叶
在风中长长睡去
它应该是获得了自由
春夏的路让它太过劳累
一个流浪客正在路过
眼眸中
全是对叶的自由刚刚释然后的疲惫

高端心境

初秋的季节
稍稍几场薄雨
便有冰凉袭来
抱紧双臂的模样
也许很滑稽
但它
不上演城市情景的虚伪
选择一处被雨洗过的山头
与忙碌的城市对望
喜欢这种状态持续的茫然
给它取了个名字
叫
高端心境

秋是一个情人与名字并存的记忆

有个人站在初冬的荒野
来参加一个
曾经丽靓过的情人的葬礼
她的名字叫秋
五彩缤纷在他的眼中流淌
他在五彩缤纷的心里徜徉
秋过留痕　霜染生香
不问秋的飞扬
只敬秋的丽靓
丽靓，世界有了秋的名字
丽靓，秋有了世界的送葬

落叶是嫁给大地的等待

霜向一片叶子吐露真心
全世界立刻安静下来
不语一言
齐刷刷为叶子的幸福起立派对
叶子则羞得脸颊绯红
可心里
已经撇出了上百个飞吻
春之生夏之长
成熟的自己
终于盼来
第一个要嫁给大地的等待

向秋天的生命们谢罪

一片红了的叶子
正羞赧地陶醉于
沾满浑身又沾了一脸的
为爱盛开
突然有异类侵入
爱被硬生生折断
顺手被关进了挎包内
爱的世界断成了两半
爱的阳光不再奔跑
爱的翅膀尚扑腾着生命
风吼出一声撕心裂肺
我下意识地打开挎包
一枚微笑蜷缩瑟瑟
安静里些许着微微苍白
于是
我的无动于衷泪飙
加九十度地
向秋天的生命们谢罪

友情牵手阳光

过往的日子
隐遁于岁月的身后
很多个午后
在一抹秋韵里

披着美丽的线条
款款走来
一首诗和一段故事
爱和被爱
都从回忆中蒸发
世界一定蔓延着
友情与阳光
牵手并行是一种力量

晚点了的看守

豪气干云，原本是
夏天的推手
秋天的承载
不会去哄骗
任何人的生命
不会去惹落叶的自由

一窗岁月里
举意干净过
干办干净过
只是，看守晚了点
可惜了那一寸光阴

秋与叶

叶与秋在一个时空口邂逅……
叶想：秋，这家伙！一定是暴躁的，冷冰的，不近人情的

甚至是风霜交错摧残的
秋想：叶，这小精灵！一定是单纯的，干净的，简约的
也一定是给墙里的世界传达缤纷的
叶，想着想着，就被情绪给左右
不再笑看秋意。蹙着脸
不再奔赴一种境界
也不再保持一种超越
秋，想着想着，在内心深处筑起一个原乡
把一个个善举累积起来。成歌
清守一盏旧灯，拥抱霜染，低调自养
后来，越加喜欢每一枚前来安放灵魂的叶

秋天的早晨

秋天的早晨
风，轻微
不寒人
秋天的早晨
光，娇俏
不眩目
秋天的早晨
岚，妩媚
抚慰眼睛
秋天的早晨
空，静悠
遐想任飞
秋天的早晨
诗，有颜色
被爱染成红豆

秋天的早晨
爱，有远方
在诗行凋成缤纷

寻找你前世的影子

于一个晚晴的日子
失联了你的笑语
此一刻
望着满世界的秋
大家都不回头
每一片叶子都忙于
展示自己
展示不一样的积蓄
或彩或淡或扬或抑
天空好蓝
蓝得好想手摘霜红
在岁月里
在一枝秋意上
寻找
你前世的影子

听一场秋天的毛毛雨

在赤橙黄绿的相继上演里
在淅淅沥沥的瓦漏声中
在你捡起快乐
然后抛向水面的漂漂石上

来听一场秋天的毛毛雨

一片谢落的固执

几株泛蓝的单瓣菊
在寒风中轻轻摇曳
瘦弱而固执
为一年曲终的时节
做最后一班义工护卫
开心地守护着
寒风阻挡不了
寒霜也阻挡不了
就像无法阻挡一场阳光
只能用假设来看它的存在
假设它敢于穿透坚硬
假设它不怕外面的强力
假设它是穿越古代而来
假设它已印在一张信纸上
假设一行行诗是为它而作
假设它在唤世界
而世界却没有回应
为美而发现美
还是为发现美而美
蓝菊花的枯萎
一片片谢落的坚持
最后一班守护的义工
瘦弱但固执但倔强
若发现这是美
那一定就是美

一场秋缱绻落幕

一场风
刮起破碎一切的撕动
一些叶子
摇晃摇晃，离去
是痛苦？是笑容
是点缀？是美
都是，又都不是
看天边，静
看落叶，动
大静而小动。自然随性
安，即是好归处
一场秋于缱绻中最美落幕

读光阴

光阴，是一首山水诗
可以在清幽的路上微醉
然后
读阳光，读空气
读造化中相聚相离的故事

单色背景（组诗）

单色背景

天空永远比心要简单
你清空记忆却绊倒了眼睛
把我也偶然地带进
夕阳下你款款而出的画卷
迟到的远眺被眼泪击落
鸟儿不再打扰世界
它们飞进了另一处视野
从我的眼睛到它们的尾巴
谁在听这两地间距离的故事
如果简单是来自
故事中白云的单相思
那么，请让我借你的晚照
构思一个下午茶的单色背景

背　景

枯枝站着与黄昏聊天
一只鸟飞了进来

背景极速年轻
都有了做梦的冲动
枯枝梦见了春天
黄昏梦见自己陪着朝阳
鸟轻轻一笑
直接飞出背景

等那个会心一笑的空灵

手边的一本书
翻了又合合了又翻
终是叹口气推开
西窗的云朵们
在晚空的晴朗处
个个打着一个个懒展
舒服地玩耍着秋天
柳丝上的叶子不再绿亮
已经把眼睛慢慢闭上
一只蝴蝶突然飞来
抓紧了叶子
索性还合拢起翅膀
是想第一时间
分享叶子的大地梦
还是要在叶子的梦里
结束自己的年轮
秋天来了
生命都要回归本位
站起来关上西窗
那个会心一笑的空灵

可否在今夜的寂静里莅临

只结一抹杏意

轻轻地
把思念叠成
天涯咫尺
咫尺于
伸手可触的
日历上
就像
你栽在我心底的
那颗青杏
天真得
只结一抹杏意

相望咫尺

绿在秋深里回归
眼睛和心也回到
爱的方寸之地
即便，今生守不了
一诺修篱种菊
那段匆匆的日子
不说，不写
搁置下来便是记忆
不去轻易触碰
怕，破碎和老去

晚天存夕照
晴空，霞朵流浪
远看，温润如玉
很喜欢这样的意境
红尘，心相望咫尺

心被绑架

路过一方你的月色
偶然间，误入
好像是
一丝说不清的牵挂
是谁开挖了那条天河
把千年的月色
注入我今夜的孤独
就这样，心被彻底绑架

留着一抹干净的晚照

那惊鸿一瞥的晴
偶尔可在傍晚看到
就一直看着它
看得它害羞起来
然后慌慌张张地跑掉
从此
一朵红晕
经常会来河面上
经常来把浪花抱抱

从此
每朵浪花
都喜欢被红晕抱抱
染一个五彩缤纷的微笑
微笑里藏着诗和梦
关于你的诗和你的梦
世界的傍晚
从此
总给你留着
一抹干净的晚照

诗行从此不见

——悼故人

一轮落日影单
孤韵疼心弦
晚天晴云
流浪寂空谁伴
多少私话欲诉
音动泪涟
灵犀已喑哑
诗行从此不见

以童心爱这个世界和人间

又是一个霜染的节令
造化用来剪世界的第三剪
这一剪下去

世界就裂成一幅幅画卷
于是
画卷上的芸芸众生
有的想表白点儿什么
有的想急于把自己点燃
山泉依然我行我素
安静中微潺几许悠闲
两朵云在拥抱
可有谁知道
这实质上是寂空里
一场又一场接力的上演
造化没有永诀的饯别
造化也没有冷漠处世
造化更没有抛弃天真
你我他
就翻开时光的经卷吧
一页一页地虔诚诵念
以童心爱这个世界和人间

晚晴的世界不会孤单

独自一个向晚
独自有人在看
就因你喜欢晚晴
世界就不会孤单

躺在故乡的呼吸上（组诗）

躺在故乡的呼吸上

一方旧桌，一摞旧纸
晕开一抹阑珊的旧事
每个漂泊的人，他心里
都冬眠着一个故乡
故乡，永远天高地厚
天高，任鸟也飞不穿
地厚，任雨也湿不透
有人说：要想走得远，忘掉地平线
可走远了，故乡会不会真的不会再醒
虽然，到处摆拍时，优雅是真的优雅
但，打的底子却是自己一个人的孤零
一只落单于清寒之夜的冬眠虫，能做什么
既然没有把握狙击那个叫媚俗的杀手
那就摇醒尚在心里冬眠未深的故乡
然后，躺在它的呼吸上
你的呼吸，长长短短都会很舒心

黄土上的东西

北方，黄土上的东西
从来都是卑微与廉价的
马和驴，可以任性嘶吼
牛与羊，可以随意回眸
清早，只管听麻雀撒欢
傍晚，随便看乌鸦归巢
还，可以焐在热炕上
把一切泼烦往事抛入夜空
端上来洋芋和蒜白咸菜
就这样，一份童话鲜活地
被吃成不用担心污染的夜宵
卑微与廉价创造自由
黄土上，始终都保留一份
不用去憋呛的呼吸和拥抱

故乡烽火台上的岁月

爬上那座故乡的制高点
沧桑的烽火台更像青灯古卷
历史已经被安放
青灯古卷心有不甘
于是就有了
几段洮州的故事

一段故事的花开了

另一段故事的花接着开
花香摔在
西下的落阳上
一山的麦子就出了穗

这样的时刻
更适合躺在烽火台旁
听故乡在山梁上踱步
穿越从前的从前

烽火台下的村庄
本来就有着单纯的信仰
烽火台不是诗人
从来不会
把历史演绎成骗人的故事

那年那炕那拌汤

回乡
辨认那抹
岁月车轮碾出的时光
时光走了
只留下一碗
已成心病的拌汤
就在这个山乡的这个土坑

拌汤还是原来的拌汤
总是
喝不出原来的模样

更
喝不出原来的时光
是
拌汤忘记了厨艺
还是
人心忘记了时光

找童年

山头上嬉耍着的云朵
没有了继续撒欢的耐心
于一个太阳打盹的午后
肆意地抱作成一团
顷刻之间　雷鸣电闪
台子和对坡顿时被激成两派
随心随性地干起仗来
在泥中在滂沱的激情中
胳膊摔石头摔出亲密无间

多年后我上山找干仗的童年
秋云静静看着台子和对坡
没有了雷鸣　没有了电闪
不见随心随性　不见滂沱激情
灰一色的沉寂
我突然觉得
此生恐怕再也找不到那年的童年

童年在一把火的烧烤中

又是噼噼啪啪的大火
此刻，镜头切换出
盛夏。丛林。玩伴三五个
摸来狗鱼。抓来娃娃鱼
躺在松脂上的篝火
突然献起了艳艳的媚
一围触手可及的香
一堆从喉咙探出的手
几丛爬出眼睛的涎舌
童年。在一把火的烧烤中

开心一笑还给流年

麦子割后堆成了垛塔
那是孩子们的阵地
他们已经上了前线
布阵厮杀自己的童年

阳光躺在黄叶子上
懒懒的
发现阵地有情况
派出几波热流去参战

童年的厮杀
埋入呼啸而过的时光

这一生的开心一笑
还给麦垛也还给流年

一份你自己的答案

山川让四季任由涂抹
江河被云雨随意收放
谁都没资格给生活画休止符
一杯茶，一碗汤
能把幸福简单到满满
一家人，一扇窗
会让自由惬意成无形
你，日子可能过成残垣
但，你可以在残垣上赏月
你，生活可能混成杯盘
但，你不要在狼藉里醉生
今夜，你心里蝴蝶是从太阳里飞来
还是要往夜的深渊里飞坠
是长长久久地等待
还是
因五谷不分而反被聪明误的聪明
于你于我于他
都是一份试卷
就等着一份你自己的答案

温暖草根的孤旅

那泓夏天要走失

一晃一晃地
反反复复淅淅沥沥
久违了的老地方
在时光里已经荒草渐深
你目光里永远的爱
也已经把夏天长成秋天
一个草根的世界
就此开始什么叫孤旅
如果秋天结束之前
还来得及生长
你那可以献出一切的爱
会被霜花嫁接吗
在一株蒿草上
在一朵野菊花的花梦中
好好去延续一个故事
或许能温暖草根的孤旅

你愿为谁而生

空中，飘飘落落着
一片接一片多愁善感
曾经的清新，很配合地
把自己送上断头台
霜，从四面八方涌来
个个举着断头刀嘶喊
有枚叶子冲杀着要突围
单枪匹马
不可为而为之着自己的不甘
勇敢地做着自己的心

终于勾住了眼睛的注意
眼睛们这时候嗜血般好着
猎奇格格不入的落单
可有谁真正欣赏且懂得
坚强的瘦影下孤单的期盼
造化，种下了因
山河，承办着果
人，碰撞和接续各种缘
为浪漫而生，山河更懂你
为兴趣而生，人们更懂你
为信仰而生，造化更懂你

感受回去的缓缓流淌

秋，应该是回去的季节
山坡上，野菊花还留着微笑
这个季节没有了太阳的火辣
穿任何一件衣裳，蛮好
躺在野菊花的微笑里
支着腮帮子，想什么都可以
不看手机。不刷网页
不听红尘。和谁都不见面
只听秋天的脚步
只感受回去的缓缓流淌
黄昏时，准时回家
就像什么也没有发生
偷采的那一瓣野菊花的笑
贴心里
第二天，黎明时，准时起床

致晚晴

秋天的手指
滑过你
把你画进油画
与云朵与山风
一起去追抢菊花
远山轻浅而柔朦
枫叶羞了
一下子红了脸
还掉落了牙
我分明看见
你跃出画里
在空晚的阡陌上
开成一朵晚霞

不问归期（组诗）

不问归期

在心的旷野
牧放自己
可以随性
可以孤单
可以快乐
可以哭泣
切开时光
把那段红尘
从记忆中抽离
在牧放的幸福里
慢慢失忆
任凭山高水远
一颗心
不留下足迹
走过四季冷暖
走过人心冷暖
似曾相识的路
延伸向
失忆的记忆

依然枝上花开
依然芬芳遍地
这一季
不问归期

共听的一首老歌

秋天，是一首老歌
听到累也不累的老歌
身边的世界，一片秋的声音
有人沿滨河路缓步听秋风
有人发呆着看河里的秋水
每个人都演绎各自的心情
各忙各的。很少有交会
这时候，或许只有秋
它能拉近彼此间的视觉距离
或许，相同的距离
已经在各自的心里耕种着记忆
磨难也好，幸福也罢
情绪，此刻走向了高度的一致
情绪，无处不在。无处躲藏
秋天遂成了大家共听的一首老歌

迈过心坎

叶子刺的一声
落下一枚风霜的心事
串串火红随即弥漫了整个秋天

云朵把先前的冲动也敛聚些许
鸦雀们在一片跃然里
把成熟殷实做成它们喷香的浪漫
几缕炊烟牵手夕阳
季节无雨　心情也无雨
一个旁观者突然就迈过了心坎

一个个美丽冻人的故事

云，在天上修建寒宫
一不小心，几粒冰雪坠落
地上的某一隅
缕缕刀风直直劈来
不给躲闪的机会
于是，就有了故事
一个个美丽冻人的故事

灵魂的直觉

你的梦
也学会了追名
追名的梦会疲惫吗
没有肩膀可依

你也可能没看过太阳
也可能无暇欣赏月亮
日月之美会寂寞吗
没有灵魂留意

你好像
从来都流不出泪
流不出的泪最冷
没有善良战栗

梦可以幻觉
灵魂必须直觉
最后一秒的生死分离
你敢不敢亲吻

一个属于你自己的黄昏

城里是没有黄昏的
路灯街灯楼群饰灯
早早就把黄昏给吞咽了去
城里是没有秋月清凉的
浓妆的霓虹色
女人们容貌的泛滥妆
店铺寂寞的粗唱
早把清纯月色补妆成混合饮品
城里是没有熟悉的身影的
一副副熟悉的脸孔
相互陌生着
不远亦不近地溜达在各自的马路上
你即便想招呼
也是独自要踩着你自己的马路
城里是没有真正的远方的
喧闹中的热烈

化作一堆堆拥堵的车流与人流
各色烧烤串串的刺鼻到处流窜作案
远方只能忧伤地抱着双肩
冷冷地清清地看着他们和你
你却怎么找也都找不到它
乡村里应该有清凉
有不分彼此的熟悉
还有比地平线还远的远方
山风会拥抱你
炊烟会围着你跳舞
夕阳会落压在你的眉睫
一个真正的远方和一个属于你自己的黄昏

馨香又溜进葡萄园

站在
梦开始的地方
采撷到
一缕
你葡萄园的馨香
主人是你
过客是我
我
一手拿着梦
一手拿着执念
喊报告的瞬间
馨香
却
又溜进了葡萄园

从飘零里撤身

一本书，一个黄昏
一杯茶，一场秋深
以此进入飘零
以此又从飘零里撤身
如果可以
心，惹个事故
一直在路上
如果可以
念，做枚落叶
以离的姿态来场裸奔

再次萌生

缤纷的世界里
一叶飞红
悄悄落进岁月的怀抱
悄悄孕育另一叶飞红
缤纷的世界
生命都打算再次萌生
如果思念也有生命
那一定是一汪翠葱

妙 方

有人背手
有人凝目
有人陌上
有人窗前
都病了

突然
万叶缤纷
啊！妙方
色彩斑斓里
一切释然

不悲情

云朵寂寞
寂寞了的云朵
才能放飞
一座座悠悠长空

飞红激情
激情着的飞红
才会明亮
一簇簇秋意缤纷

葡萄园不悲情

不再悲情的葡萄园
才敢孕育
一汪汪生命翠葱

寂寞的一次转场

一抹抹霜花
透染了季节的眉梢
明媚已达至最后的风月
秋，借几片叶落悄然离场
晨凉凉，暮也凉凉
冷，不动声色地穿透天地
云空，还有雪还有风
凑到一起密谋合伙
要上映一场说来就来的三光
每个生命都认命
真正的生命方才开始
凋敝中找回自己。无需欣赏
读懂离场。懂离场
完成生命寂寞的一次转场

最美的气质

风，偷看了月亮的脸
回来悄悄地说
月亮最美的气质，是
不伤人，亦不自伤
拥抱今夜的月亮

拥抱它最美的气质
清清淡淡做个自己
不自伤
清清淡淡望个世界
不伤人

一寸黄昏

风是尖尖的
梦是波浪线的
月亮很瘦
夜决堤
慢慢流淌。不忙
光阴拈在月亮的指尖上
被反转了几下
转成了一寸黄昏

第四辑

雪花的故事

季节追不上红尘（组诗）

季节追不上红尘

蹚过春天的温暖
翻越汗流浃背的感叹
一程郁闷　一程流连
日子滑向光阴的五彩树林
偷偷约好季节私奔
雪
很快来了
却总是追不上务忙的红尘

把真情真的给了你

落雪是红尘的眼睛
望穿你的困惑
轻轻皱皱眉
然后把瞬间的刺痛冷冻
封锁成柔柔的白絮
落雪的起降无可预料
南窗紧闭

不见思绪点痛了谁的心
那一束灵犀
把真情真的给了你吗
自己孤身一人直面茫茫雪地

什么叫白驹过隙

驻足远眺
空旷一片里
只见
洮寒风戾
冬阳晚迟
约好的昔年
还有篝火
双双缺席
此刻的我
恍然读懂
什么叫
白驹过隙

一个梦被遥寄

寒冷的冬日
一个天真的梦被遥寄
不写名字　不写地址
柔弱的冬阳
安抚着不灿烂的日子
阴霾加着班　不休息

跟你最近的距离

忘记过去　忘记将来
忘记今夕是何夕
静夜里　喧嚣外
眼泪应该能成就
我跟你最近的距离

落

秋，叶落
冬，雪落
落，这个世界永远的
现在式
落中，生命走向思考
落中，人生趋于洒脱
落中，来世慢慢上线
落中，今世渐渐淡泊

一本诗的冬季

拿一本诗
坐于茶雾里
辨认曾经的自己
炉火乘机疯狂
夜以继日地制作起

一个飞雪弥漫的冬季

梦　游

完美
纯粹
深渊
要着地的花瓶

云游至此的飞雪
给冬天一个措手不及的交代
一本经书轻轻合上
连墨迹都苍白无力

掉落的花瓶
砸向 3D 空间
多米诺扑面而来
惊出一个落汤鸡式的狼狈

雪花的故事（组诗）

雪花等待的故事

固执的你　拔落
一片一片的白翎
抛于凡尘
砌垒
前世主人的深情

然后
冷冻封存
封存成
捏一把就能沾巾的等待

雪花落种生根的故事

伊在水一方的眼泪
被一场路过的严寒疼爱
烟花的幻影给出灵感
故意抛落给人间
下种　生根

一朵一朵地发芽
然后　一朝分娩
诞出一场
无怨无悔的漂泊

雪的春天

一梦醒来
雪就来了
这个世界唯一的合唱团

嫣然里
它们彩排起
一个长势茂盛的春天

那一年的那场大雪

那一年
洮州的那场大雪
在丫线口游荡
昏鸦三两声
苍白忙问苍茫
旧城街上的锅盔还卷苦豆儿吗
卷着苦豆儿的锅盔曾留给游子
空咽墨绿墨绿的色香
那一年
洮州的那场大雪
在红雀河开花

朔风三两缕
流浪忙问满拉
寺里的洋芋还埋炕眼门儿吗
埋烤于炕眼门儿的洋芋常惹得游子
嚼吃吧唧吧唧的梦话
那一年
洮州的那场大雪
……
一切就像从未发生
千年遇一回　一笑雪如初

雪的心事

燕雪犹知勤呵护　担当
关山不愁常素颜　睿容
偷听雪吻大地
感知
雪的心事
偷听记忆飘落尘埃
释怀
梦的絮语
一个夏季的蝉鸣与一个秋天的凋零
在雪花飘飘中
冰冻出
一个拉普兰德的童话
雪花飘飘落谁家　点点情
炊烟袅袅连何处　绵绵爱
这生命，这世界，还有
雪的心思，原来如此精彩

雪花自尽的故事

原谅我
我不是春天
我在世上留白
只等风来摘取
不
只等心来摘取

我没有力量
撕裂铅寂的寒夜
把善良酿成
润物细无声
无奈
我只能一醉自尽
万枝倾倒玉蝶招
泪弹不尽天涯埋
遇情深处
无色无悔

有举意的雪花

不想感化俗世
只想簌簌叠摞起
自己的一点举意
一片一片地
飞向压力山大

惟愿虚伪
多一些真实
不想标新立异
只想速速叠摞起
自己的一寸守望
一层一层地
填补欲望天壑
但愿生活
少一些攀比

雪花们最美的影子

有雪的日子找一段闲暇还是很容易
临窗而坐……
清风将雪花镶嵌到窗外的每一个角落
那掉落在汩汩流水中的
都流落到了哪里
可是把造化的心事
孕育成了氤氲的春意
是
一片广袤的竹林
一垠悠远的绿野
一曲碧波万卷的狂想
一段闲暇的午后
一个临窗而坐的位置
……
都是又都不是
一朵春的眼睑里那深情的凝眸
应该才是

掉落于汩汩河水中的雪花们最美的影子

雪活得更像自己

单一素颜的苍茫里
雪活得更像自己
活出了对生命的负责
冷傲中不失清柔
执拗中暗自挺拓
干净
因为有一双看春天的眼睛
纯粹
因为有人能聆听到自己的心

给梦讲述一场雪

天涯，是最远的吗
十二月，比天涯恐怕还要远
终是没能遇见一场雪
梦里，曾遇见过一场
梦里的故事
从来无法把握对与错
把自己打倒在梦的病床上
然后，听手术刀割开虚伪
给梦讲述遇见过的那一场雪

那年的定格（组诗）

那年的定格

天空
黑成丝绒
星星
种着雪朵
那年的故事
从目光里
慢慢淡去
从记忆中
慢慢撤离
化为几片
徘徊于心头的云曦
飘移　碰撞
碰撞　飘移
远远的
连一个逗号
都添不上去

祈祷
星星种的雪朵

生根　发芽　开花
开成那年的故事

夜半灵感

风声雪声红尘声
冷酷冷眉冷漠
上演旷世决裂
拂晓未至前
你能否突如其来
埋葬我于灵感的世界

没有答案的修辞

有些故事，到我这里
就已经失传
它的传说，可能是
这个冬天最美的蜗居
窗外，一阵阵雪过
像是在宣纸上挥毫心旅
更像是在抚腻一种慢性病
主动地把心跳呵育

窗内，一杯热茶
静静地品着一首老诗
好像有那么一点
数学公式的味道
其实，作为旁观者的人

难不成正是
那唯一没有答案的修辞

一窗户窗里和窗外的日子

日子，有雪。无风。恬淡
天，纯净，向晴，旷宽
老树，总想与远山并高
岁月，正与安静的枯枝握手
雀声尚未惊醒枝尖春的敏感
茶一杯，微凉。微苦
初心逃离熟悉的红尘故地
可以是故乡，也可以是他乡
平凡与平淡聊得很是投机
一会儿大哭，一会儿笑声不断
一窗户窗里和窗外的日子
学习和补习着悠然
红尘慢慢淌过视线
触手可摸，又遥不可及
我笑了。笑，掉落了一地
卖掉它吧。给行囊买一份浪漫

找昨天

每个有落雪的日子
你总要跟雪花比跑
这已成你的习惯
因为

你就住在雪花里
因为
比跑才能找到昨天
因为
找昨天
比诗与远方还要远

和岁月比肩离骚

树梢尚未带出一点娇俏
无垠浩渺的苍穹下
昨夜的雪轻柔得如梦
一雀轻啄风拂过的巢枝
和岁月比肩最美的离骚

童年在眼前摇来晃去

冬天，被风雪凛冽成一条绵延的滑坡
冲动，很想在这页童话上放肆地打滚
雪花，像调皮的山里的孩子
一拥而上，纷纷脱掉伪装
有那么一两朵胆大的
顺势登上鼻子，来强吻眉心的寂寞
思绪，冷冻成微微合上的瞳孔
雪坡上滚下的一串影子
拿着童年在它的眼前摇来晃去

长巷深处

苍茫的天涯路端
风在吟往事如烟
浑浑噩噩成了
主旋律
名利其实只有半盏
毕竟
谁都经不住诱惑
毕竟
人人都要争着吃饭
时间追不上梦
走到秋天的尽头
一捧黄土
给这个哲学很久的问题
一个哲学的答案
人生
走着一段无字的长巷
长巷深处
没有了深处

听生命独白（组诗）

听生命独白

冬，越来越薄
日子，行走在雪地上
听春暖花开破壳而出
在每个裂出生命的夜
约来一枚你的影子
挽手。只相望不谈情
诗，燃起一盏烛火
照亮残冬安静的夜
听生命独白
萌动的绿意如你的眸

遗憾·流泪·幸福

所有的遗憾和心痛
渐渐熬成这个冬季
片片落雪点缀着远眺
眼睛却开阔不了视野
思念于模糊里

化为泪奔的莫名幸福

下载信仰

我想贿赂冬天
偷偷收藏一枚雪花
然后
画一朵举意
嫁接在雪花的生命上
让举意复活
盛开成你眸中的那缕清凉
在宣告永远的洁白中
下载
从空灵里走来的信仰

放下就是开始生活

冬天，就这么来了
满空的飞雪
盘算着在哪里打尖更为适合
看起来有点瞎忙和不知所措
子非雪，焉知雪
无法预知。雪的寻找里
是否正在扫描
前世自己发芽过生活的二维码
看似任意地躺在任何物上
不。造化安排了绝对的大我
雪花的长途行似乎结束了

每一枚每一片，都
放松成午后恬静的闲散
闲散，应该就是自由
自由，应该就是放下
放下，应该就是开始生活

谁在负责一个真的自我

——撕落 2016 最后一页日历

花开花谢谁在续读因果
站在乱象的雪花飞舞里
把时间拒之门外
心生出些许守望的感动
守望是需要根的
风带着穿透的凉意
猛戳进身体
厚重的云不开一缕星光
恰有几点疏灯
在远处明灭闪现
天　地　心
都静静地
似乎编程新一年的游戏
这本被唤作时光的书
每个人都一页一页往下翻
又有几个人刻意探询过
是谁种下了因
又是谁促成了果
日子在指尖上飞舞
书不知不觉就翻到了尾

落寞曾经　辉煌曾经
聚散曾经　得失曾经
爱恨情仇　一路旖旎
翻一页盼下一页
反反复复就这么感冒着
一会儿发冷一会儿发热
对时光因果的虔诚
对生死的真正成熟
灰飞烟灭被如今忙彻底温柔
一卷卷心血慢慢冷成故事
故事能是思考型继承者吗
一边揣一颗裸心去信仰去爱
一边勇于负责一个真的自我

一张惨白的红尘

这个冬天不知去了哪里考察
一直没有雪花大人过境的消息
上班路上的风肆无忌惮起来
脱了鞋赤脚在大地上狂奔
城市的喧哗也放肆起来
一声高过一声地兜售起胆子
灯火通明处
贴着一张张惨白的红尘

人人都在天涯

冬。清晨。风还在刮

开门。白。雪还在下
抬脚，生活。走出家
走出家，人人在天涯

值

一朵朵雪。雪好缥缈。雪好简洁
更像零落于清寒中的幽幽回眸
一步三回头，从眼睛里走过
你，是在替春天来绘制路标吗
路标，不必多，方向对即可
有雪的日子，感慨也会被焐热
半丝浅淡半丝颤，泪，不留痕
有雪的镜面上细看。仔细点
它可否招手那年的依依不舍
落厚雪的时候，真想大摇大摆地
裹上困难时被人嘲笑过的那身衣衫
在山林间　在噗噗作响里
手持棍棒吼叫着尽情挥舞一次
挥舞那年的愤怒。还好雪在呵护
动与静，疏与亲。清冽这颗心
不齿如这冰凉的俗世关系
温馨如这纯清的雪天山河
就此倒下。为曾经有雪的呵护
为还有一种爱而落泪地倒下
承载过虚假，也承载了真实。值

一个典故

造化执笔
蘸满神奇
给大地深情一点
于是
一烟淡淡的清新
正式脱颖而出
冰冷的世界
由此
着妆成
一个风花月夜的典故

都市·鸟儿·冬天

雪，带来了
上个世纪的求救信
这个世纪，正热火朝天地
垒砌水泥丛林
一个晚上后
世界全嗅到了人造的陌生味
睡着的落叶，被惊醒
鸟儿发现无家可归
还好，有一两株枯枝
在冬天的迟暮里
把家的背影
朝着记忆的遥远处抛过来

自私在放哨把风

有人痴心地
在一瓣雪花上
镂刻着平等
想打扫红尘
却不知
名利已买通欲望
早就策划好
从雪瓣的刻字里叛逃
自私在外面放哨把风
红尘如风

收获了真爱

寒霜在陌上推进
小径旁戏耍的翠
一伸懒腰
就成了皮囊
还好
收获了真爱
梦里浪了一趟冬天
儿子也刚好醒来

幸福原本就该如此

找一个
冬阳暖暖的午后
躲进山坳里
躺在黄土上
闭上眼睛
做一场梦
这样的感觉
清爽得让你觉得
幸福原本就该如此

造化的简约版

造化在冬天里
流淌着一种叫静的韵澈
踏一曳深深浅浅的脚印坐标
抒一行诗和远方的心境轮廓
山前无去处。春天远渡
突然就明白了
是谁？跟在生活的后面
一直默默支持心情绘制简约

精神颜值与接力程序

阳光一朵一朵穿过冬天的树丫
温热，从四面包抄过来
一支招揽生意的小贩曲，搞笑
但，一语中的
你斜倚在土墩上
闭目慵懒，还有点自以为是
树丫，越来越瘦干
阳光，越来越温热
你，越来越欣赏现在的你
世俗轻轻和着小贩曲膨胀红尘
世界向赶路的时尚们招手示慕
突然，你的心串线到一个声音
精神颜值啊，你是否需要买个程序
是否需要更深邃的东西来完成充值
这一刻，你在造化面前心虚了
甚而，你悄悄收敛了一下慵懒
甚而，你悄悄收起有点摆拍味的自以为是

憔悴的坚毅

夜，是此刻唯一的静物
眼睛，和夜一样静
床上的被子应该是柔软的
紧闭的窗前。一个孤单的故事
谁的一声轻叹

啄开了庄周梦里的生长？看
一对蝴蝶，蹁跹着曼妙
动。惊艳了眼睛的静
也惊艳了夜的包容和休息
窗前孤单的故事，去了哪
不知何时悄无声息成举意
憔悴。但已经有了点儿坚毅

抖落一襟漫冬的怅惘（组诗）

抖落一襟漫冬的怅惘

几度冰寒交替天涯苍茫
几番春雪飞扬泥土渐香
苍茫如故　渐香依稀
枕一湾北国春雪化雨的梦
醒来后
就可以抖落一襟漫冬的怅惘

回到人间烟火

小城外。雪。枯草。摇曳
风永远弹奏单一的动作
走过去，脚下噗噗作响
踏行者，来意欲何为
来，感觉回眸的雪影
来，感觉擦肩的草影
来，感觉拥抱的风影
来，感觉踏雪的童影
感觉，无处可逃

幻象，逃之夭夭
这，才真的回到了人间烟火

初心是否若冬季

总有一种思绪
就是要来
虽隔着生死两岸
它会打劫光阴
没有太多的繁杂
一如窗外简单的冬季
剔除葱茏剔除茂叶
剥离母体
掏空生的一切动力
让视觉寂寞让心孤单
让身体走一趟彼岸生命结
你敢不敢诚实回答
初心　是否还若冬季

捡那缕远方

亲切的
眼睛能折射泪光
感动的
内心会嚼出眼泪

亲切就长在阳光里
大冬天从不拒绝

去蹭阳光里的春天

感动常葱茏于诗行
墨香时不时走失
原来是去诗行捡那缕远方

把立正站成最美的坚持

——致孤独斯

今夜无风
今夜有月
今夜特别的静
今夜看微弱月光的天空
仿佛看一段你的日记
这么近，近得触手可及
那么远，远到影踪全无
突然，一条无形的恍惚
生生地隔开了我和我的仿佛
所有的过去开始缩水
所有的言语开始失效
你成了一场梦
我的仿佛成了光阴的城墟
今夜无风
今夜有月
今夜特别的静
静到可以不用说话
静到只听我和我的仿佛
正在建立一段对话的机会
在那条无形的恍惚两岸

都把立正站成最美的坚持

今夜替你好好流泪

——再致孤独斯

我在手机里看着你
你在图片上看着我
下意识坐直
行个注目礼
鼻根酸出一两滴催悲

翻屏的一刹那
我看到了你眼角的泪
那是一个无助的回眸
正好跟我撞个满怀
这一刻
我的记忆被戳破
跑出来那个孩子
曾经好长时间只是背影
孩子永远是那么童真
孩子永远挂泪而不流泪
荒唐就荒唐吧
今夜我替你好好流泪

可否随茶香烟消云散

茶，很淡
茶香，也很淡

漫无目的地品
那挤满唇边的苦痛
和
疯长于心头的冷暖
可否都随茶香烟消云散

与一眸虔诚匹配

时光，有人叫它隧道
隧道是可以穿越的
谁穿越过时光？不得而知
红尘，也叫隧道
人人都争着穿越
穿越尽兴了的
说是，梦幻一场
穿越没能尽兴的
也说是，梦幻一场
该给谁浇一盆冷水
还是浇给自己吧
把初心时的叩问
再去清醒地读一遍
然后，穿越红尘
梦幻。现实。梦幻
干净只与一眸虔诚匹配

每个生命都全无得失

我好奇一个故事

脱落与新生的故事
当然也不过分伤感悲欢聚散
我常出神于一盆水养的水草旁
常看一片两片老水草的脱落
幻想着好像撑船于水草间
看大片大片的老水草的脱凋
身临新生命来到时铺垫之壮观
感悟怎样为新生命带来可伸展的柔软
老水草们好像从来都是幸福的
生命的每一场轰轰烈烈
生命弥留之际的瞑目
生命降临于尘世的温馨
一小块水域和一小块宁静
就这样
在一片天地的私人领地里
索取着和奉献着
实际上每个生命都全无得失
再细看时
又一芽小小的鹅黄绿
已经在水草的脱落处呱呱坠地

念思指向的箭头

念思总是这样
有时被罚站在情绪里头
绕不过古老的小桥
走不出古老的光阴
化不掉古老的闲愁
日子轻轻一顿

情绪生疼生疼地被剥离
灵魂已经属于情绪
残了落花　碎了念思
一束念思的玫瑰花
一首玫瑰色的念思
谁能够体会这样的时刻
念思爱着
灵魂痛苦着
情绪快乐着
就是走得再远再远
心
总能读懂念思指向的箭头

翻过故事的最后一页

一份执念整夜整夜地玩并不写作业
所有的红尘声也就造次起来
就此先后开张营业
风声也溃不成军
沉沦在灰白色的夜空
日历翻到故事的最后一页
那份执念还在山水之间游走
光阴的转角处
一个人和执念比赛奔跑
只顾奔跑
只想寻一处干净隐姓埋名
并没有勘破虚实与人间烟火
红尘本就不孤单
孤单的是那个和执念赛跑的人

写作业者可以续写一千个夜的作业
那个奔跑的人还有多少日子可以把握
等读懂一场又一场许诺眉宇里的期许
预约的时光早把执念错过
重逢抑或错过都是绕不开的痛
折叠起执念的茕茕孤零
打包一份淡淡的忧忆
还有几粒纠扯的文字
去种到前面的春天里
选择在新一页给写作业者兑现承诺

体验纯粹

想念一场大雪天
那种盛开的大雪天
带人回归意念的纯粹
在渐次的缥缈里
渐次地兴奋
生命的高亢与葱茏
在雪的键盘上在心的键盘上
敲出一行行灵感

又是一个长夜

雪，已经给冬天写上辞呈
要在向晚的一场派对里
把所有的故事都激活
故事，从来就没有过对错

窗外已经是属于春天的
温度，在迷离中舒展
雪，没有送出问候
依旧在等辞呈的批复和通过
此刻，我依着案簿
心上放映着雪划过的辙
我是属于冬天？还是属于春天
今夜，看来又是一个长夜

山乡清晨与雪

只一夜，雪就白了世界
没有意外，但有惊喜
如写故事

山乡清晨的雪，分外干净
心也干净。都不存城府
如见故人

炊烟几缕，艺术开始作画
几笔粗犷就勾勒出闲暇
如赏古画

一抹希望

雪的兵马，还在黄土地上驰骋
河面，还结着厚厚的煎熬
会流泪的眼睛，孤身一人

在黑暗中悄悄听着春的脚步
窗外，心里，都是万籁俱寂
一抹希望，正悄悄滑过冰封的黄土
封冻已久的笑颜，虽难一下解封
但，至少不会让
流泪的眼睛一直在黑夜孤独地自个哭泣

续写一卷童话流彩

我已经听到了
冰雪消融的悄悄话
地下休眠着的种子
也揉捏睡意蒙眬的眼睛
我已经听到了
一朵春羞赧着试谈恋爱
水起微澜
将它们的情话默默录载
我已经听到了
花骨朵儿要开窗的声音
一股股兰馨
依着风儿就要流泻过来
我已经听到了
诗把自己留在红尘里
用等候的深情
再续写一卷童话的流彩

梦是一地惆怅

梦，明明很是清晰
却又，突然消失在月亮的后面
我，吃力地爬上月亮
在一个高处，看到了梦和月亮
一个红色。一个蓝色
泾渭分明。氤氲流淌
只是，还少点什么
是一首浪漫？是的

陌上的古道西风瘦马
在等烟火红尘里的一个故人
如是，氤氲就能读懂泾渭

梦，突然激情澎湃起来
蓝月亮，像鹰一样飞升
一下子和红的梦撞个满怀
是飞雪。是飞雪吗
不见童话
地上，已经满满是一地惆怅

不怪时光

雪花，在春天的领地里
飞来飞去。像是暖了三分
无数的激情，扇动着翅膀

奔向自己的执意和期许
你，于某一个清晨含着泪醒来
雪花可能不再是碎碎的白
而已经是一季烟雨与鹅黄
可能连你枕头里面的梦
也都早已发了芽，正要去开西窗
岁月一直很宽容。但
日子总是太仓促。不怪时光

沏好一壶茶

这是最后一场雪吗
听，冬天已抗不住春天
已悄悄地说起了软话
既然，让位只是迟早
就不要担心季节几何
就不要担心时光颠簸
此刻，只守初心
沏好一壶茶。等待天亮

诗与远方（组诗）

诗与远方

诗与远方走了
挽着手
在雪地里

走出每一步
都相互搀让
走过每一步
都留下脚印成双

有一天
诗，老去。藏匿
远方，遂化成诗
到前面的前面去等
在下一个雪地里

一定要等下去
等藏匿的诗出现
自己就婉约成
下一个远方

影子与梦想

影子，可以适合放飞梦想
影子，可以听到过去的飞翔
飞翔，在弥漫着冬的悠远里
正享受着一份自由
梦想，于猝不及防中撞来
影子窃笑，已然是一地凄凉

也就有了新的一首诗

诗　在等一个记忆中的人
一个可以陪你听遍所有悲伤的歌的人
一个从不会让你想哭而自己却泪迷刹那的人
风来听风　云来吟云
诗　在等到一支清瘦的夜曲后
躺在晚空上　虚掩起了窗
它们只用手语交流彼此
经常为一个丢失激情的表述
把星星争吵成斑驳的记忆
还好　也就有了新的一首诗

日子与初心

落木，有三片叶子
一片叫昨天

一片叫今天
还有一片，叫明天
于千千万万个飞落中
昨天，写意了初心
今天，碎了初心
明天呢？初心还否回来

改写一首诗

雪花
给你研着墨
你
尽情地挥笔
正把
满城的世故
改写成
一首干净的诗

捡拾起一两片落叶

——给 2017 一个不走失的构思

村庄的一条河，流入了另一条河
谁是谁的匆匆过客？过路人想
别想那么多，还是来点轻音乐
雪停云收，望远天涯。干净
铺满地的，除了纯洁还是纯洁
村庄的每个角落突然有了颜值
一股清冽的诗意心猿意马起来

是诗意强化了一尘不染？还是
一尘不染嵌入了诗意的流泻
一直留在轻音乐中。过路人有点痴
是陶醉？是不舍？还是听泪在歌
炊烟早就袅袅了。村庄属于柴米烟火
烟的尽头，冷阳懒懒地揉着脸蛋
孩子们的喧闹，连个准备都不作
就直接把房子把院子把巷子统统烧热
鸡声犬声喊叫声。村庄属于调皮捣蛋
面无表情是此刻的主题。可巧
真撞上了昨天的自己。世界还真小
扛起行囊赶紧上路吧！眼睛说
北国的雪或许能化成江南的雨
而红尘，红尘在熄灯之前
扭来摆去的魔鬼身材不会主动停歇
收起依依不舍赶紧上路吧！心说
你对村庄执迷流泪，可有点过
转身。缓步。走入茫茫岁月
过路人没有回头。还好
影子在他后面捡拾起一两片落叶

今夜不写诗

夜，我来了。我还背着行囊
我的行囊很轻
如我正走向枯瘦的身影
羞于当众打开
想把生命中少有的这种缘
再装一点儿，在我的行囊里

今夜，不写诗
只听夜带来的夜的絮语

无需刻意

善良习惯于
早睡早起
就像下雪的日子
无需刻意
独卧听无声
其实
身边的世界
已经悄悄
厚重起一份甜蜜

一首永不老去的诗

今夜，明月渐渐老去
今夜，约初心和梦来写这首诗
是祈愿
也是眉眸里深深的盼祈
跪在拜毯上
闭上眼睛
听造化寂然
听天地大静
大静。连声音都这么执意
多么想，梦是一弯明月
然后，将初心种在它的桑田里

可以苦可以累可以孤单
呵护初心发芽而萌动出春的眼睛
……
渐渐老去的明月
又渐渐焕发童颜的张力
明月，才是今夜的大静
明月，才是一首永不老去的诗

诗　说

我，虽懂者寥寥
但是，我永远是
这个世界的一帧原装
眼眸过处
怡耳，悦目，醒神
给灵魂点亮心房
当一切都是黯然
当前方跨不过壑坎
当回头已是青丝华变
就来我的公园转转
杏花雨吻　桃粉蝶灿
菊香枝隽　飞雪连天
黯然终究敌不过陶然
壑坎永难屏蔽香漫
一切都是诗意　清冽若生
再送眼眸一个妙曼
壮阔　开阔　辽阔
还包容一切。也
包容心的忧伤与寂寞

岁岁的思与碎碎的念

诗与远方，被时间冷冻成岁岁的思
梦与梦想，被月光撕裂成碎碎的念
生活，悄悄流浪成一碗方便面
允我泡一碗方便面，跟在生活的后面流浪
允我拼接碎碎的念，随梦与梦想一起流放
允我焐暖岁岁的思，给诗与远方立正站岗

在诗行里不老

一朵云
飘荡在空中
很孤零
但
不用操心凋零

一个人
流浪于世间
很孤单
且
随时还会挂单

一背影
于时间里老去
比鸿毛尤轻
却
在诗里永远年轻

正版告白（组诗）

正版告白

雪花于凋谢前唱着这首歌
倘若某一天
我在自己的眼泪里淹死
请将我干净的举意重新命名
就叫春天吧
那是我对虔诚的正版告白

独钓寒江雪

念想
流成了一条江
一条流着雪的江
雪　正被
想雪的人独钓
那么执意
执意于要在心里
种活一束雪

寒江一垂
目光散淡空洞
没有内容
不　其实
你只是在看风景
看风景的你
又岂能读懂
钓雪人的心

世界又寂寞了谁

一片又一片雪花
简简单单地飞舞
很是灵动
与风亲密后
干干净净地掉落
把自己交由时空
飞舞与掉落
慢慢碎去
碎成一地的寂寞
寂寞了世界
可世界又寂寞了谁

就发会儿呆

就一个人发会儿呆
和一首诗
只煮一壶回忆

只放两盏心情
听上个冬天的雪落
看下个冬天的晚晴

重逢在飞雪夜拥抱成泪奔

迎着长夜的黑款款而来
衣袖挥舞，一袭洁白
低调。不肯呐喊一声
夜，越发地黑
无束无拘到开出妖艳
此刻，眼睛失去了忍耐
一声久违里
所有的重逢都拥抱成泪奔

最后一个童话

雪，在光阴的笔尖
长夜不寐，飞舞到醉死
世界，便没有了故事
没有故事的世界很干净
只剩着最后一个童话

冬天的两面

一阵乱风
一场雪落

光阴
悄悄挂出了冬天
冬天的风
总是无比自由
总是很任性
还不断侵扰脸面
关起门窗
温度是有了
外面的冷和里面的暖
面对面成了两颗心
两颗心
只适合放在文字里
除此之外
别无合适的居所

真实的零距离

天天坐看与你同样的月光
今天的月光不一样

它有一种遥想的温度
已然是暖了全身和孤寂
这温度仿佛千年的记忆
于冬天的雪落里写成了外语
可能只有天空读得懂
可能下一个冬天的雪会给出翻译
很想和它拥抱
贴近它纯纯的脸
听雪花落地时童话的回声

于回声中感获最真实的零距离

只想重逢与坐旧这一卷月光
实实在在地坐旧